내가
나같지
않아서

내가 나같지 않아서

1판 1쇄 찍은날 2018년 2월 9일 | **1판 2쇄 펴낸날** 2021년 4월 15일

지은이 | 염명훈 · 송원석 · 김한수 · 김경윤

펴낸이 | 정종호 **펴낸곳** | 청어람 e

책임편집 | 여혜영 **디자인** | 이원우 **마케팅** | 황효선 **제작·관리** | 정수진

인쇄·제본 | (주)에스제이피앤비

등록 | 1998년 12월 8일 제22-1469호

주소 | 03908 서울시 마포구 월드컵북로 375, 402

전화 | 02-3143-4006~8 | **팩스** | 02-3143-4003

이메일 | chungaram@naver.com

ISBN 979-11-5871-060-6 43800

청어람 e))는 미래세대와 함께하는 출판과 교육을 전문으로 하는 청어람미디어의 브랜드입니다.
어린이, 청소년 그리고 청년들이 현재를 돌보고 미래를 준비할 수 있도록 즐겁게 기획하고 실천합니다.

선생님과 학생이 같이 읽는 교과통합소설

내가 나같지 않아서

염명훈·송원석·김한수·김경윤 지음

청어람e))

아름다운 시도

많은 학생들과 학부모들 그리고 교사들은 잘 알고 있지 않을까. '자기 생각'을 가진 학생을 만나기 어렵다는 것을. 간혹 자기 생각을 펴는 학생에게 "왜 그렇게 생각하나요?"라는 질문을 던질 때 가장 많이 나오는 답변이 "그냥요!"라는 것을. 사람은 생각하는 동물인데 '자기 생각'이 없다. 이 소설은 무엇보다 "어떻게 하면 학생들에게 '자기 생각'을 갖게 할 수 있을까?"라는 물음에서 비롯된, 네 분 선생님의 공동작업의 열매다.

우리 학생들에게 '자기 생각'이 없는 것을 학생들의 책임으로 돌릴 수 없다. 두 가지 요인으로 말할 수 있을 것이다. 하나는, 우리 공교육이 일제 강점기에 그 기본 틀이 잡혔는데 지금껏 크게 바뀌지 않아 학생들에게 '자기 생각'을 갖도록 하는 교육을 거의 하지 않는다는 점이다. 전체주의 사회에 있어 천황의 신하(臣下)일 뿐인 국민들에게 '자기 생각'은 애당초 가당치 않았고 사물과 현상에 대한 '지배 세력의 관점'을 숙지하도록 요구받았을 뿐이다. 다른 하나는, 초·중·고 교육이 대학 서열화에 종속되었다는 점이다. 대학 서열화는 학생들에게 석차와 등급을 매기도록 요구하는데, 그러나 학생 각자가 '자기 생각'을 펴는 것으로는 석차와 등급을 정확히 매길 수 없으니 '객관적 사실'에 대한 암기를 요구하는 것이다. 그래야 석차와 등급을 매길 수 있기 때문이다. 그런데 '지배 세력의 관점'이든 '객관적 사실'이든 학생의 실제 삶과는 거리가 멀다는 공통점이 있고 따라서 학생의 흥미를 끌 수 없다. 수많은 학생들에게 학교가 '잠자는 수용소'가 된 배경이다. 그러니까 이 소설은 수용소에서 잠든 학생들을 깨워 삶의 구체적인 환경 속에 데려가기 위해 시도되었다고 할 수 있다.

이제 학생은 자기 삶의 주인공이 되어 약동한다. 견공, 묘공과 대화를 나누기도 하는 재기발랄한 소설은 단숨에 읽힐 정도로 재미도 있다. 각 장별로 생각거리와 토론 제재들도 담겨 있다. 부디 이 소설을 많은 학생들이 함께 읽고 쓰고 교실이 떠들썩하게 얘기를 나누면 좋겠다. 그 과정에서 자연스럽게 '자기 생각'을 형성하게 될 것이다. 끝으로, 자신의 역할을 소설가로 확장시킨 네 분 선생님이 이 소설을 잉태하기까지 어떤 고민과 모색, 그리고 실천의 과정을 거쳤는지 헤아려보라는 말을 덧붙이고 싶다. 결과보다는 과정이 더 중요한 법이므로.

홍세화

_장발장 은행장, '소박한 자유인' 대표

여러분을 응원합니다

청소년(靑少年)은 아직 작지만 푸른 사람들이라는 뜻입니다.

푸른색은 여름의 색입니다.

여름은 힘이 넘쳐나는 시기입니다. 태양은 뜨겁지만 두렵지 않습니다. 소나기는 세차지만 맞을 만합니다.

그래서 그 힘으로 하루가 다르게 성장합니다. 어제와 오늘이 다릅니다.

푸른색은 하늘의 색이기도 합니다.

하늘은 이해할 수 없는 비밀이 가득한 곳입니다. 달과 지구는 중력이 있다면서도 서로를 끌어당겨 부딪치지 않습니다. 실감되지 않는 광년(光年)의 속도로 날아가도 하늘의 끝에 언제 닿을지 아무도 알지 못합니다. 하늘은 그렇게 이해할 수 없어서, 이해할 수 없는 신이 삽니다.

이 책은 그런 푸른 시기를 보내는 여러분들을 위한 책입니다.

여름은 힘이 넘치지만 그래서 위험한 시기이고, 하늘은 가까이 보이지만 사실 너무 멉니다. 그렇다고 해서 저기는 위험하니 가지 말라고 충고하고 싶지 않았습니다. 도대체 알 수 없는 너희들은 누구냐고 묻고 싶지 않았습니다. 이미 그렇게 가르치고 윽박지르는 어른들은 차고도 넘치니까요. 다만 이 책은 그렇게 푸른 시기를 보내는 여러분들 옆에 서 있으려 했습니다. 대한민국의 교육 현장에서 이제 막 시작된 한 교과와 더불어

이미 익숙한 과목의 내용들을 빌려 교훈보다는 동감으로, 지시보다는 응원으로 서 있고 싶었습니다.

2018년에 고등학교 생활을 시작하는 친구들은 '통합사회'라는 과목을 처음으로 배우게 됩니다. 그동안 우리나라 학교에서는 마치 생태계에서처럼 과목들이 태어나고 진화하고 멸종해갔습니다. 안타깝게도 그 과정은 그렇게 아름답지 못했고 많은 어른들의 욕심 속에서 뒤틀려졌습니다. '통합사회'라는 과목이 처음 등장했을 때에도 많은 어른들은 또 누군가의 나쁜 판단 속에 이 과목이 태어난 것은 아닐까 걱정했습니다. 그러나 그러한 걱정보다 이미 태어난 생명을 잘 길러 최소한 괴물을 만들지는 말아야 한다는 생각을 하게 되었습니다. 왜냐하면 우리는 모두 '사회' 속에서 살고 있고, 계속해서 그 속에서 살 수밖에 없기 때문이었습니다. 그 '사회'를 제대로 이해하면서 아울러 다가올 '사회'를 준비하기 위해서는 이제 '통합'이라는 열쇠가 꼭 필요했기 때문이었습니다.

그런데 점점 시간이 갈수록 그 열쇠는 '사회'에서만 필요한 것이 아니라는 생각이 들었습니다.
인간 사회와 떼려야 뗄 수 없는 자연 세계의 문을 여는 데도 필요했습니다.

시간적으로는 과거와 미래를 한눈에 보는 데도 필요했습니다.

더 깊게는 사회를 이루는 한 개인, 개인에 대한 이해를 위해서도 필요
했습니다. 이 땅에 태어난 모든 개인이 겪고 있는 이해할 수 없는 고통과
그 고통의 대안으로 얘기되는 행복에 대해서도 한 가지 시각만으로는 도
저히 답을 찾을 수 없었습니다.

그래서 여러분이 늘 가까이 접하고 있는 교과들을 바탕으로,

여러 시각과 다양한 입장에서,

여러분의 삶에 관한 얘기를 통해,

그 '통합'의 답을 찾아보자 했습니다.

그 결과, 이 책이 만들어졌습니다.

여러분은 어린이와 늙은이 사이에 있습니다.

여름은 봄과 가을의 사이에 있습니다.

여름의 푸른 잎은 봄의 꽃만큼 예쁩니다. 가을의 열매만큼 대견합니
다. 잎은 꽃보다 널리 퍼져 숲을 이루고 열매보다 겸손해 스스로 떨어져
다시 땅을 덮습니다.

그러니 푸른 시기를 보내는 여러분들이 꽃보다 예쁘지 않다고 한탄하

지 않기를,

　열매보다 귀하지 않다고 한숨 쉬지 않기를 바랍니다.

　이 책을 만드는 데 힘을 주신 많은 어른들은 여러분을 떠올리며 하나같이 이렇게 얘기했습니다.

　참 좋겠다. 니들은 젊어서. ㅎㅎ.

　푸르러서 좋은 시기에, 여러분들의 몸과 마음이 모두 행복하기를 바랍니다.

2018년 새해에

집필진을 대표하여 **염명훈 씀**

행복을 찾아서

세상이 변해간다고 합니다. 어떤 이는 인공지능과 로봇을 이야기하고, 또 어떤 이는 4차 산업혁명을 이야기합니다. 스마트폰이 일상화되고, 가상현실이 펼쳐지고, 사물인터넷으로 이제 인간은 기계와 대화를 나눌 수 있는 시대가 되었습니다. 모르는 것을 어른에게 물어보지 않고 인터넷 검색창에게 물어봅니다. 내가 하는 말이 곧바로 외국어로 통역되기도 합니다. 외국 책자나 신문이 한국어로 번역이 되어 누구나 읽을 수 있는 시대입니다. 굳이 외국으로 유학가지 않아도 유명한 외국 학자의 강의를 원하는 시간에 들을 수도 있습니다. 핑크빛 세계가 열릴 것만 같습니다.

하지만 회색빛 이야기도 있습니다. 생태계 파괴와 환경오염으로 인류의 생존권이 위협당하고, 핵전쟁이나 핵에너지의 붕괴로 인류가 쌓아놓은 문명이 파괴될 것이라는 전망도 있습니다. 뿐만 아닙니다. 저출산과 고령화, 인구절벽 현상으로 젊은이들은 점점 더 살기 팍팍해지고, 노인들도 안락한 생활을 누릴 수 없는 시대가 온다고 합니다. 빈부 격차는 전 세계적으로 확산되어 일부 극소수에게 부가 집중되고, 가난한 사람들은 점점 절망의 나락으로 빠진다는 암울한 이야기도 들립니다.

아이의 삶은 어떻습니까? 공부 잘해서 좋은 대학 가면 좋은 직장을 얻고 안락한 삶을 누릴 수 있다는 성공의 문법이 흔들리고 있습니다. 말 잘 듣는 아이가 모델이 아니라 창의적인 아이가 인정받는 시대가 왔다고는 하지만, 도대체 창의적이라는 말의 현실은 교육현장에서 찾아보기 힘듭니다. '미래 역량 강화'라는 말은 슬로건으로만 확인될 뿐, 도대체 어디서부터 어떻게 시작해야 할지 아직도 미로에서 길 찾기 중입니다.

통합교육과 자기주도학습이란 말이 유행하면서 점차 세분화된 영역을 통합하는 교육이 강조되고 있지만, 그것은 통합교과서 한두 권 제작하고 교육시킨다고 해서 이루어질 수 있는 것은 아닙니다. 학교 전체의 개혁과 함께 진행되지 않는다면 통합교육은 몇몇 선생님들의 추가 교육과목이 될 가능성이 농후합니다.

교사의 입장에서 가르치는 과목은 서로 달라도, 민주시민으로서 성장하고 미래를 준비하는 역량을 키워내는 지점에서 교과의 통합은 가능하다고 생각합니다.

'나'를 성찰하여 주체로 서게 하는 교육, '민주시민'으로 성장하게 하여 관계를 고민하게 하는 교육, '미래'를 공존과 협력으로 준비하는 세계시민의 자질을 경험하게 하는 교육. 이러한 교육철학을 기반으로 새로운 경험을 확장시켜 주는 것이 먼저 태어난 자, 즉 스승의 역할이라고 생각합니다.

그래서 인문학자와 생태주의 소설가, 역사교사와 사회교사가 모여 이 변화하는 세상을 공부하고, 우리 아이들과 함께 살아갈 방법을 모색하는 작업을 함께 진행하기로 했습니다. '**인문공동체 자유**'가 결성된 이유입니다. 이 모임에서 지난 가을과 겨울, 거의 매주 만나 읽고 토론하면서 작업을 지속했습니다. 이제 세 권으로 기획된 것 중 그 첫 번째 결과물을 조심스럽게 내놓습니다. 삶의 이야기를 담을 수 있도록 소설로 썼습니다. 고등학교 1학년이 된 오영과 그 주변 인물들의 이야기입니다. 오영 같은 우리 아이들이 삶의 주인공으로, 민주시민으로, 세계시민으로 성장할 수 있을까요?

우리 '**인문공동체 자유**'는 오영과 함께 행복해질 수 있는 길을 끝없이 실험하고 탐색할 것입니다. 우리 아이들의 미래가 바로 우리의 미래이기 때문입니다. 우리와 함께 이 행복 탐색의 길을 가보지 않으시렵니까?

2018년 새해를 맞이하며

인문공동체 자유

오만해 오영의 아빠. 빵 가게를 하다가 도시 변두리에서 농사를 짓는다. 사람을 좋아한다. 그래서 공동체가 중요하다고 생각한다. 고기를 별로 좋아하지 않는다. 술은 좋아한다. 음식을 만드는 데 두려움이 없다. 그래서 잘한다. 어릴 때부터 무예를 수련해왔다. 고수다. 오영에게 운동 신경과 따뜻한 인간성을 물려줬다.

오영 고등학교 1학년. 남들이 볼 때 특별하진 않다. 자기도 그렇게 생각한다. 시크하다. 좀 까칠하다. 끈적거리는 걸 좋아하지 않는다. 모르면 물어본다. 사람이건 동물이건 심지어 목걸이와도 말이 통한다. 성적은 고만고만하다. 힙합을 좋아한다. 농사짓는 땅도 좋아한다. 학교 댄스 동아리에 가입했다. 연예인이 되어볼까 생각 중이다. 어릴 때부터 아빠에게 무술을 배운 덕에 걸어오는 시비를 굳이 피하지 않는다. 하지만 작은 것, 약한 것에 마음 쓰인다.

한의 오영의 엄마. 시골에서 태어나 어렵게 대학에 갔다. 대학에서 디자인을 공부했다. 그러면 뭐하나. 한물간 가수들의 의상, 화장, 머리를 손봐주며 산다. 모든 엄마와 마찬가지로 오영을 끔찍하게 사랑한다. 하지만 티를 잘 내지 않는다. 그래서 오영과 잘 싸운다. 오영에게 시크함을 물려줬다.

오릉 아빠와 같이 텃밭에 사는 진돗개. 오영과 말이 통한다. 오영과도 같이 살았던 적이 있었다. 불만이 많다. 나이도 많다.

오냥 오영과 같이 사는 고양이. 오영과 말이 통한다. 보통 고양이처럼 참치 캔을 좋아하고 창밖 보는 걸 좋아한다. 대부분 철없다. 하지만 상자 안에 들어가면 현자(賢者)가 된다.

 **리용해** 오영과 같은 반 친구. 성적도, 운동도, 글씨도 뭐든 잘한다. 집도 부자다. 오영한테는 못한다. 오영한테 잘하고 싶어 한다.

 **유기수** 오영과 같은 반이면서 댄스 동아리를 같이 한다. 별로 존재감이 없다. 약간 덕후다.

 차물결 오영과 같은 반 친구. 말이 별로 없다. 책 읽고 글 쓰는 걸 좋아한다. 리용해의 인공위성.

김미애 오영과 잠깐 같은 반. 친구는 아닌 사이. 목덜미에 흉터. 작고 여린 몸. 계절에 어울리지 않는 옷. 더러운 성질머리.

 **송상동** 오영의 담임선생님. 승진에 관심이 없다. 아이들에게 관심이 많다. 관심이 많아서 속을 끓이고 가끔 화를 내고 혼자 절망하고 혼자 위로하고 조금만 희망이 보이면 티나게 좋아한다. 정년퇴직이 얼마 안 남았다.

그리고⋯

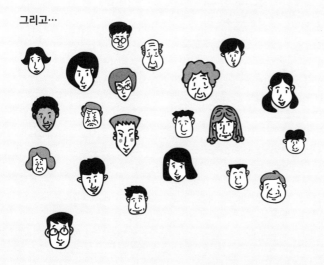

1장

뭐 어때?
이게 나인 걸

고민이다. 보통 고민은 둘 중 하나를 선택해야 할 때 가장 괴롭다. 다섯 개를 놓고 하나를 찍어야 하는 객관식 시험은 어차피 버릴 것이 넷이나 된다는 점에서 죄책감이 덜하다. 그러나 하나만 버려야 하는 둘 중 하나 선택형은 버려야 할 하나를 자꾸 돌아보게 만든다.

'엄마가 좋을까, 아빠가 좋을까.'

둘 중 하나라면 누가 좋을까? 누가 이 성적표를 보고 덜 실망할까? 어차피 동시에 보여줄 수는 없다. 엄마에게 먼저 보여주는 게 좋을까? 아빠에게 먼저 보여주는 게 좋을까? 종례 때 받은 성적표를 버스 정류장까지 들고 와서도 쉽게 답이 나오지 않는다.

'에효, 동아리 연습까지 빠지고 나왔는데……. 어디 먼저 가야 할지 이것도 답이 없구만. 근데 혹시 내가 숫자를 잘못 본 거 아냐?'

주위를 한번 휙 둘러보니 사람들은 다들 핸드폰에 코를 박고 있다. 그러다 한 사람이 버스가 오는 쪽을 향해 고개를 들면 다 같이 고개를 들고 같은 쪽을 바라본다. 미이캣. 아프리카의 미어캣은 무언가 나오는 게 두려워 주변을 살피지만 이 사람들은 오지 않는 게 불안한 듯 한쪽을 바라본다. 미어캣이 고개를 숙일 때는 굴 입구를 살필 때뿐이다. 저 사람들이 금세 다시 고개를 숙여 들여다보는 핸드폰은 미어캣의 굴만큼 소중한 것일까? 늘 그렇듯 기다리는 것은 쉽게 오지 않고 바라지 않는 것은 갑자기 나타나는 법이다. 버스는 올 기미가 안 보인다. 하여튼 안심이다. 나는 그들의 은신처는 아니니까 나를 살피지는 않겠지. 고이고이 다섯 번이나 접은 성적표를 조심스럽게 다시 펼쳐봤다.

50

변함없다.

젠장! 점수와 이름이 똑같다니.

처음 눈에 들어 온 국어 원점수가 50. 계속해서 영어 52, 수학 53, 따라서 등급도 5, 5, 5 오오오……

그러나 마지막 희망, 한국사는 50점 만점에 40이다. 꽤 좋다.

갑자기 선택이 쉬워진다. 아빠다. 아빠는 말끝마다 역사책에 등장하는 성인의 말과 위인의 행동을 들이댄다. 한국사로 밀어붙여. 희망이 있다고. 더구나 어차피 엄마는 지금 집에 없을 테고, 아빠는 직장이자 거주지인 텃밭으로 찾아가면 바로 만날 수 있다. 큰비는 나중에 맞는 게 좋은 법.

담임은 이미 교무실에서 여러 번 보고 왔을 성적표를 교실에 갖고 들어와서도 처음 보는 것처럼 뚫어지게 보고 있었다.

어쩜 좋을까요? 오. 영. 씨.

이름을 한 글자씩 끊어서 부르는 건 의도적이다.

 소녀에겐 아직 내신을 받쳐주는 친구들이 있사옵니다.

 누가 들으면 우리 반이 한 오백 명은 되는 줄 알겠구나.

 행복은 등급 순이 아니옵니다.

 정녕 네가 곤장을 쳐맞아봐야 정신을 차리겠다는 것이냐?

 목소리를 낮추소서. 개쪽도 이런 개쪽이 없사옵니다.

킥킥킥.

교실 가득 어우러지는 웃음소리 가운데 유독 화음을 맞추듯 베이스로 깔리는 소리 하나가 거슬렸다.

'용해, 이 자식.'

조금 전 담임은 부처님의 자비와 예수님의 사랑을 섞은 후 공자님의 영양가를 묻혀 용해에게 먹여주셨다.

 공자님께서 이르셨다. 인생에 큰 즐거움이 셋 있으니 그중 하나가 영재를 기르는 것이니라.

내 30년 교직 인생에 이제야 진정한 영재를 만났으니
내일 당장 명예퇴직을 하여도 여한이 없구나. 하하하.

  교장보다 더 선배라서 선생님들 회식 자리에서도 제일 상석에 앉는다
는 담임은 하얀 머리칼을 휘날리며 껄껄 웃었다. 안 봐도 1등이겠지. 중
학교 때부터 그랬으니까. 입학식 때는 학생 대표 선서에 장학금 증서까
지 독차지했으니까. 집도 엄청 부자인 놈이 웬 장학금? 쳇. 문제는 어디
서 1등이냐는 것이다. 설마 전국은 아니겠고 도에서라도 1등인가? 얼굴
까만 것도 1등인 녀석이. 재수 없다. 그리고 조금 부럽다. 담임이 성적표
를 나눠주며 멘트를 친 건 하필이면 용해와 오영뿐이었다. 왜 나인 거냐
고. 왜 저놈하고 같이 묶인 거냐고. 멘트 내용도 하늘과 땅이면서.

 오영 씨. 애매한 건 아주 나쁜 거예요.
애매한 학생은 애매한 생활기록부를 갖게 될 테니까.
무슨 말인지 알겠어요?

 네.

 위든 아래든, 아니면 옆으로든 갈 길은 빨리 정할수록
좋다는 것도 알고 있죠?

 네.

계속 서 있을 수 없어 할 수 없이 대답하는 오영을 바라보며 그제야 담임은 피식 웃었다. 내미는 성적표를 서둘러 받아들고 자리로 들어오며 살짝 펴보는데 그림자가 훅 덮쳐왔다. 사람 그림자다. 엿보려 하고 있다. 누군지 볼 것도 없다. 슬리퍼를 벗어 돌린 다음 앞대가리 쪽에 발을 꽂아 신발 끝으로 그림자의 오른발 안쪽 복숭아 뼈를 톡 하고 쳐주었다. 정말 '톡'이었다.

 악!

뒤도 안 돌아보고 자리에 앉는데 짝꿍인 물결이가 속삭였다.

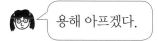 용해 아프겠다.

앞자리의 용해가 끙끙거리다 뒤돌아서 째린다.

 영재는 고통 속에서 단련되는 법이야. 근데 넌 잘 나왔어?

물결이는 쥐고 있던 성적표를 슬그머니 책상 속에 밀어 넣었다. 소심하긴. 누가 뭐 보재?

 그것만 말해. 우리 중에 누가 밑에서 받쳐주고 있는 거냐?

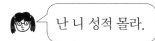 난 니 성적 몰라.

닌 만닐 책이나 읽으면서 담임이 내 이름을
또박또박 부르는 데서 뭐 느껴지는 게 없냐?

킥, 하고 물결이 입을 가리고 웃었다.

 넌 여러모로 날 고맙게 해.

 죽을래?

죽을 정도는 아니지만 답답하기는 하다. 내가 참 애~매~하긴 하다. 버스는 또 왜 이리 안 와. 짜증 소리를 들었는지 멀리 버스 한 대가 오는 게 보인다. 그런데 번호가 잘 보이지 않는다. 대학만큼, 미래만큼 버스 번호도 흐리다.

'최선의 방어는 공격이라고 아버지는 말씀하셨지.'

아빠는 오영과 같이 수련하는 날이면 아빠의 사부님께서 해주셨다는 이 말을 가끔 들려주셨다. 잘됐어. 그럼 이제 제가 그걸 실천해드리죠. 도착한 버스에 오르며 다짐했다. 앉으면서 머릿속으로 대사를 연습했다.

'아빠, 나 꼭 대학 가야 해?'

아냐, 아냐. 좀 더 비장하게. '너 이래서 어떻게 대학 갈래?'라고 예상되는 창끝을 피하는 방법은 '나 대학 안 가!' 같은 역공격이 효과적일 것이다. 한국사 점수도 생각해보면 큰 무기가 될 것 같지는 않다. 특별할 것 없는 성적표를 받아들고 이런 대사를 날려야 한다는 게 좀 민망했지만 고등학교에 들어간 이래 얼마 되지 않는 시간이었지만 쭉 생각해온 일이었다. 그래 이참에 결정을 내리자.

버스에서 내려 텃밭에 접어들자 파릇파릇 머리를 내민 마늘과 양파 싹들이 눈에 들어온다. 반갑다. 기특한 것들. 내 성적표를 가리가리 찢어 너희들 거름으로 주리라. 아직 좀 쌀쌀한데도 초록빛이 늠름한 싹들이 예뻐서 악수라도 하고 싶었다. 손을 내밀다가 순간 손끝에 뭔가 찌릿하더니 웨이브가 밀려왔다. 오늘 연습했어야 할 비트가 떠오르며 몸이 흔들린다.

두둠칫 두둠. 두둠칫 두두둠.

첫 번째 '두'에 오른손 가운뎃손가락, '둠'에 팔목, '칫'에 팔꿈치, 두 번째 '두'에 어깨를 털어주며 막 파도가 목을 지나려할 때였다.

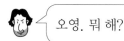 오영. 뭐 해?

지구를 쪼개고 싶은 쪽팔림에 힙합이 탈춤이 되려는 순간이었다.

 아빠는 뭐 해? 사람이 인기척을 해야지.

 난 아까부터 계속 널 보면서 걸어오고 있었는데?
이걸 적반하장이라고 하는 거야. 적반하장이란 말은…….

 응? 이게 뭐야?

아빠는 꼬깃꼬깃한 종이를 받아들고 천천히 펴보더니 더욱 찬찬히 읽어나갔다. 무슨 『논어』를 읽는 것도 아니고. 오영은 답답해졌다. 안 되겠다, 선제공격.

 아빠, 나 꼭 대학……

 가야지. 아니 갔으면 좋겠어.

실패다. 목소리를 내리까는 신공으로 공격을 막아내다니. 아빠는 고개도 들지 않고 말했다. 예상 밖이었다. 잠시 후 다음 말을 기다리는 오영에게 아빠는 잠깐 빙긋 웃더니 아무 말 없이 몸을 돌려 비닐하우스 쪽으로 향했다. 아빠의 웃음이 목소리만큼 무거워 보여서 오영도 아무 말 없이 그 뒤를 따라갔다.

비닐하우스.

아빠의 집이자 사무실이자 도장. 크지도 작지도 않은 크기에 검은 차광막을 씌워놓아 늘 어둡다는 생각을 했었다. 그나마 마당을 확보하기 위해 최대한 산 쪽에 밀어붙여 산그늘 속에 숨듯이 엎드려 있었지만 오늘 그 마당에는 아빠와 같이 수련하는 꼬맹이들도 눈에 띄지 않았다.

 안녕 오릉. 오늘은 유난히 꼬리가 멋진 걸?

 내 꼬리가 멋진 건 오늘만이 아니야.

그리고 내가 늘 말했잖아. 외모에 눈멀지 말라고.

    문 앞에 누워 있는 개 오룽에게 인사를 건넸지만 이 녀석은 늘 그렇듯 한번 쓱 보고는 다시 먼 산으로 고개를 돌렸다. 꼬리라도 좀 흔들면 어디가 덧나냐? 아빠가 내 편에 서서 이 녀석의 건방진 태도를 향해 한소리 했다.

 오룽. 오영이 반갑다고 인사하잖아.

 인사는 안부를 묻는 거지, 외모를 물을 때 쓰는 게 아니라고.

 야. 사람은 서로 예쁘다고 거짓말하는 게 최고의 인사야. 그니까 인간적으로 나한테 거짓말 좀 하시지?

 개보고 어떻게 인간적으로 반응하라는 거야. 옜다, 관심!

오룽의 꼬리가 두어 번 흔들리다 툭 하고 바닥으로 떨어졌다.

 까칠하기는. 오룽아, 근데 난 너한테 거짓말한 거 아냐. 넌 '꼬리만' 멋져. 큭큭.

오룽의 꼬리가 막 올라오려다가 멈칫하더니 탁 하고 다시 떨어졌다. 째려보면 어쩔래?

잠깐 기분 좋아진 오영이 돌아보니 벌써 아빠는 비닐하우스 맨 안쪽에 들여놓은 컨테이너로 들어서고 있었다. 교실 4분의 1만한 컨테이너는 아빠가 먹고 자고 공부하는 방이기도 했다. 오영은 지난겨울 말려놓은 시래기들이 줄줄이 걸려 있는 어두운 입구를 지나면서 얘기가 쉽게 끝나지 않을 것 같다는 생각을 했다.

'긴 얘기는 싫은데.'

아빠를 따라 방에 들어서니 변변한 책꽂이도 없이 쌓아 올린 책들이 창문을 반이나 가리고 있었다. 책이 또 는 건가? 그래도 저녁 햇살은 그틈을 비집고 들어와 바닥에 아무렇게나 쓰러져 있는 온갖 것들에게 말을 시키고 있었다.

 대충 치우고 앉아. 뭐 먹을 것 좀 줄까?

 아니. 배도 안 고프고 말도 안 고파.

 그런데 성적은 고프지?

이번엔 아빠의 기습. 기습이지만 기분이 썩 아프지는 않다.

 난 성적이 안 나와서 대학을 가지 않겠다고 한 건 아니라고. 내가 내 인생을 살아갈 때 그게 과연 꼭 필요할까 해서 물어본 것뿐이야.

대학이란 단어 유니버시티(University)는 라틴어 우누스(unus)와 베르시타스(versitas)가 합쳐진 말이야. 우누스는 하나, 베르시타스는 여럿이라는 뜻이니까 하나의 목적을 위하여 여럿이 힘을 합친다, 또는 생각은 모두 달라도 하나의 진리를 위해 힘쓰자, 뭐 이런 뜻이었겠지. 하지만 내 생각은 달라. 아빠는 그 말이 하나를 보는 여럿의 눈, 즉 그 다양한 시각들을 인정해주자 하는 말로 들려. 다양한 진리가 서로를 미워하지 않고 존재할 수 있는 곳이 대학이라는 거지. 생각만 해도 멋지지 않니? 난 내 딸이 그런 많은 사람과 진리 속에서 커나가는 걸 생각하면 막 가슴이 뛰는데.

대학은 길어야 4년이라고. 내 인생은 그것보다 더 길거고. 그럼 그때 만나는 다양성이란 게 그 이후의 나한테 뭐 그렇게 중요하겠어.

그렇기는 해. 하지만 네가 중요하지 않게 생각한다고 해서 할 수 있는 걸 일부러 하지 않는다는 건 좀 이상하지 않니?

할 수 있는 일이라고? 내가?

오영은 여기서 아차 했다. 어설픈 공격은 약점만 노출할 뿐이다. 속마음을 들켰다 싶었다.

5등급은 아빠가 말하는 그런 아름다운 진리가 넘치는 대학에 갈 수 없

다고요. 아니 지금 우리나라에 그런 대학은 없다고요. 대학생들은 들이
가자마자 밥벌이를 위해서 연애도 안한데요. 아빠는 뉴스도 안 봐요? 아
참, 안 보지.

 이제 첫 시험을 지났을 뿐이야. 넌 고등학교에 들어간 지
이제 겨우 한 달이 넘었고. 그러니까 조금 더 힘을 내보는 게
어떨까?

 아빠는 요즘 학교를 너무 몰라. 중학교 때부터 성적은 이미 정
해져 있고 그 벽은 아주 높고 단단해. 난 그 벽을 넘으려고 지
금 내가 하고 싶은 걸 포기하기 싫어. 그 벽을 돌아가는 방법
도 있을 것 같아. 아니 벽 자체가 없는 길이 있다면 거기로 가
고 싶다고.

 나도 억지로 너한테 강요하고 싶지는 않아.
하지만 후회할 일은 하지 않았으면 좋겠어. 나처럼.

 아빠처럼?

 응. 아빠는 대학을 가지 못한 게 가끔 후회될 때가 있었어. 그
때 포기하지 말았어야 했어. 끝까지 내가 원하는 걸 얘기했어
야 했어 하면서. 그래서 가끔 화가 나기도 하고 서럽기도 하
고. 대학 가는 길을 막아선 사람들을 원망하기도 했었고.

그게 누군데?

 나중에…… 그건 나중에. 여하튼 아닌 척하고 살았지만 내 원래 모습보다 학벌을 먼저 묻고 그걸로 나를 판단하는 사람들 때문에, 나이를 물을 때면 대학교 학번으로 묻는 사람들 때문에, 그리고 가끔 내가 좋아하는 사람 얼굴에 스치는 부끄러움을 볼 때 아빠는 조금 슬프기까지 했어. 그래서 더 열심히 책을 읽고 공부했는지도 모르지.

 이번엔 엄마를 말하는 거야?

 넌 내가 좋아하는 사람이 엄마밖에 없는 줄 아냐?

 좋아하기는 한다는 거네. 그러니까 왜…….

 딴소리 하지 말고. 난 네가 일단 대학에 먼저 가고, 그러고 나서 나중에 그걸 버리더라도 네가 그걸 가질 자격이 있었다는 걸 증명해줬으면 좋겠어. 그러면 어른이 되고 나서 훨씬 당당하게 어깨 펴고 살 수 있을 거야.

 아빠. 난 이미 충분히 당당하게 어깨 펴고 살고 있어. 어깨너비는 남자애들 못지않아서 용해 자식은 나보고 수영 선수냐는…… 아니 이건 말고.

하여튼 아빠는 대학을 보는 눈이 나랑 다른 것 같아. 아빠 말대로 대학이 여러 다양한 사람들이 존중받는 곳이라면 난 이미 이 농장에서 아빠와 같은 대학생이야. 그리고 내가 알기로 세상에서 아빠가 가장 좋아하는 사람인 나는 고등학교만 졸업한 아빠를 단 한 번도 창피하게 생각해본 적이 없어. 그러니까 아빠 논리는 루즈! 마이 논리 윈! 오 예~

네 이름은 오예가 아니고 오영이야.

아하! 이제 슬슬 본 모습으로 돌아오시는 건가요? 아빠! 아빠는 예전부터 엄마가 그렇게 보험에 들라고 해도 끝까지 안 들었지? 그때 아빠가 뭐라고 했더라? 그래, 미래의 행복을 위해서 현재의 기쁨을 희생하는 일은 하지 않겠다고 했지? 그게 바로 내 생각이야. 대학이라는 미래의 행복을 위해 지금의 내 생활 모두를 포기하기 싫다는 거야. 대학이 꼭 행복이라는 보장도 없고. 난 음악을 할 거야. 대학을 나오지 않은 아티스트는 차고도 넘쳐. 우리 힙합씬에서만 따져도……

대학을 나온 래퍼들도 차고 넘쳐.

힙합 플로우의 여왕이시자 라임의 전설이신
우리 황진이 님께서도 대학을 나오지 않으셨거든요?

그때는 대학이 없었거든요.

 아 진짜! 아빠. 아빠도 내가 행복한 게 좋지? 행복의 기준에는 남의 행복이 곧 나의 행복일 수도 있으니까. 특히 아빠의 경우엔 말이야. 난 '대학에 가지 않겠어'라고 말하지 않았어. '꼭 가야 하나?'라고 질문을 던진 것뿐이야. 물론 안 가고 싶은 게 더 크기는 하지만. 여하튼 아빠의 말은 잘 생각할게. 천천히. 그리고 결정은 내가 내릴 거야. 내가 생각하는 행복은 내가 선택할 수 있는 것에서 시작된다고 생각하니까. 그러니까 '지금의 너의 결정을 존중해'라고 말해주면 지금 내가 아~아~주~ 행복하겠어.

 너의 결정을 존중해. 존중할 거야. 하지만 그 결정의 근거가 무언가를 못해서거나 피하기 위한 것 때문이라면 동의할 수 없어. 예를 들면 성적 같은.

 결국 또 성적 얘기야?

 성적에 지나치게 얽매이는 건 오히려 너인 것 같아서 하는 말이야. 5등급은 나쁜 성적이 아니야.
아니 나쁜 성적이라는 건 없어. 특히 5등급은 9등급 중에서 제일 가운데고 그 말은 이 나라에서 제일 많은 애들이 거기에 속해 있다는 뜻이니까 그걸 나쁘다고 생각하면 너무 많은 네 친구들이 설 곳이 없어지는 거야. 딸아. 난 네 꿈이든 미래든 행복이든 지금 네가 받은 학교 성적이라는 한 가지 기준으로 미리 판단하지 않았으면 좋겠다고 말하고 싶은 거야.

 좋아. 아직 시간은 있으니까. 좀 더 생각해보지 뭐.

 그래. 그럼 우리가 동의한 거는 한 가지네. 일단 생각해보는 것. 대학의 이유든, 행복의 기준이든. 다만 그것이 너를 위해서 좋은 쪽이어야 한다는 거.

 맞아. 하여튼 내가 뭘 생각하든 뭘 결정하든 내가 기준이 될 거야.

오! 내가 한 말인데도 멋진데?
이런 건 나중에 가사로 써먹어야지.

 우리 아빠. 이럴 때 보면 참 멋진데…….

 멋진데, 뭐? 늦었다. 밥 먹고 가.

버스 정류장까지 따라 나오며 아빠는 여전히 할 말이 많은 듯했다. 하지만 별 말이 없었다. 밭 사이로 난 길은 좁았고 둘이 같이 걷기에도 애시하기에도 불편했다. 아빠 뒤를 말없이 따라가던 오영도 큰소리친 것과 다르게 오늘 나눈 얘기들이 가슴에 막힌 채 개운하지 않았다. 할 말이 많으면 말들이 서로 나오려다 목구멍에서 교통사고를 일으킨다. 그 밑에 깔린 말들이 위에 밀려 있는 말들 때문에 아우성을 친다. 엉킨다. 결국 말은 나오지 않는다.

올 때처럼 갈 때도 여전히 버스는 늦다. 앱으로 확인해보니 버스는 여기서 여덟 정거장 전, 도착하려면 아직 10분이나 남았다. 10분이나……. 학교에서의 쉬는 시간 10분과 이 10분을 바꾸면 참 좋겠다 하고 생각하는데 둘밖에 없는 조용한 정류장에서 갑자기 노랫소리가 들려왔다. 오영의 외투 쪽이다.

Mama oooo didn't mean to make you cry.
마마 우우우우~~ ♪
엄마, 당신을 울게 하고 싶지는 않았어요. ♬

퀸이 부릅니다. 엄마가 부릅니다.
아빠는 그 전화가 누구에게서 온지 안다. 퀸이니까.

 받아.

 아냐. 좀 있다 내가 하지 뭐.

노래는 쉽게 끝나지 않았고 리더인 프레디 머큐리는 계속 절망하고 있었다. 그를 구하려는 듯 멀리서 버스가 구급차처럼 뛰어왔다. 그제야 안심한 듯 이 위대한 영국의 보컬은 노래를 멈췄다. 그러자 아빠는 노래를 이어 부르려는 것처럼 마이크를 쥐듯 양손으로 오영의 손을 꼭 쥐었다.

 조심히 가. 타자마자 엄마한테 전화하고.

갑자기 기도라도 하자고 하는 줄 알고 깜짝 놀랐네. 아빠는 버스가 출발하기도 전에 뒤돌아섰다.

구석 자리에 앉아 핸드폰을 열어보니 엄마에게서 글자가 와 있었다.

한물간 트로트 가수들의 스타일리스트를 하는 엄마. 요즘은 헤어, 메이크업, 의상마다 각 분야의 스타일리스트가 있는 것 같던데 엄마는 그 모든 걸 한 번에 해결한다. 혼자서.

짧게 한 번 호흡을 가다듬고 오영은 자판을 열었다.

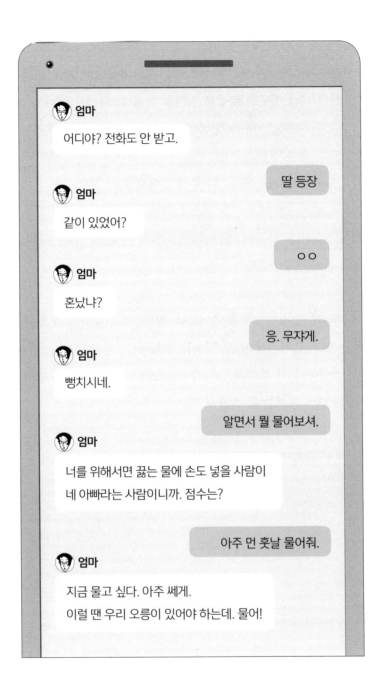

엄마
어디야? 전화도 안 받고.

딸 등장

엄마
같이 있었어?

ㅇㅇ

엄마
혼났냐?

응. 무쟈게.

엄마
뻥치시네.

알면서 뭘 물어보셔.

엄마
너를 위해서면 끓는 물에 손도 넣을 사람이
네 아빠라는 사람이니까. 점수는?

아주 먼 훗날 물어줘.

엄마
지금 물고 싶다. 아주 쎄게.
이럴 땐 우리 오릉이 있어야 하는데. 물어!

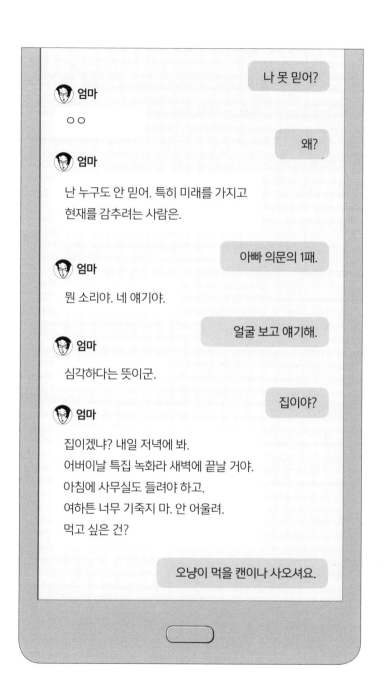

나 못 믿어?

엄마
ㅇㅇ

왜?

엄마
난 누구도 안 믿어. 특히 미래를 가지고
현재를 감추려는 사람은.

아빠 의문의 1패.

엄마
뭔 소리야. 네 얘기야.

얼굴 보고 얘기해.

엄마
심각하다는 뜻이군.

집이야?

엄마
집이겠냐? 내일 저녁에 봐.
어버이날 특집 녹화라 새벽에 끝날 거야.
아침에 사무실도 들려야 하고.
여하튼 너무 기죽지 마. 안 어울려.
먹고 싶은 건?

오냥이 먹을 캔이나 사오셔요.

버스에서 내려 빵집, 슈퍼마켓, 세탁소 코스를 거친 후 집에 왔다. 오나의 빵·슈·세. 우리 동네 편의 시설이자 문화 시설이자, 여가 시설들이여. 내 너희 중 누구도 소홀히 하지 않으리. 그렇게 내일 아침의 양식들과 내일 낮 동안의 의상을 들고 비밀번호를 눌렀다. 문을 열면 환하게 쏟아지는 조명 속에서 하인들이 뛰어나와 이 짐들을 받아주는 거야. 그러니 목소리를 다듬어 '이리 오너라' 하는데 어둠 속에서 오냥이 슬슬 다가왔다.

불을 켜며 습관처럼 묻다가 으이구 내 머리 했다. 이럴 때 "엄마는?"이란 "왔어?"를 뜻한 게 아니었다. "잘 있겠지?"를 스스로에게 묻는 거다.

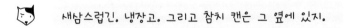

가방을 툭 소파에 내려놓고 오영은 냉장고로 갔다. 어제도 무슨 녹화인지 밤을 새고 들어온 엄마가 아침내 자다가 오후 늦게 나가면서 붙여놓은 그림이었다. 엄마는 지방 행사로 며칠 집을 비우거나 늦게 들어올 것 같으면 냉장고에 그림을 그려 붙여놓고 나갔다. 가끔은 애정을, 어쩔 때는 부탁을, 대부분은 명령을 표현한 그림들은 수수께끼 같을 때도 있지만 귀엽기도 했다. 그림은 늘 부엉이 모양 오르골 자석에 눌려 있었고, 오영이 떼어낼 때마다 부엉이는 자기 임무를 다했다는 듯 휴~ 하고 긴 숨을 쉬었다. 오늘의 그림은……

깜짝 놀랐다. 가끔 학교에도 떨어지는 북한 삐라처럼 무서운 얼굴을 한 여자가 한 손을 내밀어 성적표를 들이대고 있었다. 꼼꼼도 하셔라. 손바닥만 한 종이에 손가락만 한 사람이 손톱만 하게 들고 있는 성적표 위쪽 구석에는 또렷하고 진하게 50이라고 쓰여 있었다. 엄마는 그 숫자를 '너! 너 말이야! 네 거를 내놔!'라는 뜻으로 집어넣었겠지만 오영은 그게 자신의 성적에 대한 예언 같아서 조금 싫었다.

 어떻게 미리 알았을까?

 그럼 몰랐겠냐?

 오냥. 안 어울린다니까. 그리고 그림은 이렇게 살벌한데 성적표 밑에 하트는 또 뭐냐?

 엄마의 분노 밑에 깔린 어쩔 수 없는 애정.

아침에 여왕님 핸드폰으로 문자 오는 것 같더라.

 뭐라고?

 오늘 성적표를 나눠 드리오니 기절하시지 말기를 바라오며
가출을 노리고 있는 댁의 따님을 바로 체포하여……

 묻는 내가 고양이다.

 인간들 학교는 참 웃겨. 가출만 해도 그래.
애들이 집 좀 나가면 어때? 우리 고양이들을 봐.
아무 때나 나갔다가도 언제든 맘먹으면 돌아오잖아.
길에서도 가끔은 살 만하거든.

 니 길바닥 시절을 생각해봐라. 그런 말이 나오냐?

 음……. 하여튼 그러니까 넌 빠져나갈 수 없어.
내가 참치 캔에서 벗어날 수 없는 것처럼.
그러니 어서 캔을 따라고. 근데 시험은 잘 봤냥?

 닥쳐.

오영은 고양이에게 밥을 주고 소파에 구겨져서 한참 동안 그림을 봤다. 그리곤 가방에서 성적표를 꺼내 그 위에다 미국 사람들이 하듯 팔을 벌리고 어깨를 으쓱하는 그림을 그렸다.

어쩌겠어요. 이게 나인 걸.

오영은 집 안 불을 다 끄고 소파에 누웠다. 아파트 가로등에서 올라오는 빛이 시끄럽지 않아서 혼자 있을 때는 방보다 거실 소파가 좋았다. 핸드폰을 켜고 메모장을 열었다.

나는 나의 기준이 되고 싶어.

운동장 제일 구석, 땡볕 아래 서 있어도

내가 팔을 들고

기준! 하고 소리치면

그때부터 나는 나의 기준이 되는 거야.

내 옆에 서지 않아도 돼

서둘러 오지 않아도 돼

나는 너의 기준이 아니니까.

나는 너를 줄 세우는 사람이 아니니까.

나는 그냥 나만의 기준이야.

작은 키, 짧은 팔 부끄럽지 않아.

그 팔에 줄 서주는 그림자 하나 있을 테니까.

주변엔 온통 빨간불, 멈춰 서라 얘기하고
주변엔 모두 파란불, 이리 가라 저리 가라 간섭하고
어떨 때는 두 팔을 모두 들고 벌을 서라 하지만
나는 멈추지 않을 거야.
조금은 늦더라도 방향을 바꾸지는 않을 거야.
십 중의 아홉, 백 중의 구십
나는 거기 안 낄 거야. 내 팔을 볼 거야.
내 기준을 볼 거야.

다음이 생각나지 않는다. 다만 조금은 쓸쓸했던 아빠의 얼굴이 떠오른
다. 좋은 성적이었다면 아빠는 행복했을까? 아빠가 잘 드러내지 않았던
상처에 조금 위로가 됐을까? 그런데 미안하지만 아빠의 상처를 위해 내
가 내 미래를 맞춰줘야 하는 걸까? 그건 아닌 것 같아. 오영은 가만히 고
개를 가로 저었다. 고맙지만 no. 뭐가 되던 내가 행복한 게 분명 아빠한
테도 행복일 거야.

오냥이 천천히 가슴으로 올라왔다. 그리곤 턱 밑으로 머리를 들이밀더
니 다리를 뻗어 오영의 눈을 번갈아 꾸~욱 눌렀다. 알았어. 알았어. 자
자. 오영은 오냥의 머리를 손가락으로 가만히 긁어주었다. 따뜻한 털의
감촉. 규칙적이어서 우주 같은 고르릉 소리를 들으며 오영은 깊게 잠들
어갔다.

2장
왜 하기 싫은 일을 하면서 살까?

일어나라 주의 백성 빛을 발하라 ♪

엄마가 왔나? 그럴 리가.

오영은 잠이 가시지 않아 잘 떠지지 않는 눈을 억지로 떴다.

창문을 보니 어둡지 않다. 안방 쪽을 바라보니 밝지 않다. 더듬더듬 손을 내려 핸드폰을 찾았다. 꽤 이른 시간. 그렇다고 새벽은 아닌 시간. 노래를 따라 천천히 일어나려는데 가슴이 가볍다. 이불 같던 오냥이 없고 오냥 같은 이불이 소파 밑으로 스르륵 흘러내렸다. 이불? 내가 어제 이불을 덮었나?

오영은 설마하는 마음으로 안방 문을 열었다. 이제 일어나기 시작한 해가 커튼 사이로 냉큼 들어와 거실을 건너 안방으로 쏜살같이 달려왔다. 엄마 등장. 얼굴에 조명.

엄마는 잠깐 얼굴을 찡그리더니 돌아누웠다. 엄마는 돌아누웠어도 목

길이에 달린 십자가와 예수님은 그대로 빤히 오영을 올려다보고 있다.

온 세상이 어둠 속에 헤매고 있지만 주가 너와 함께 계셔 회복을 명하리라 ♬

오영은 화장대 위에 엎어져 있는 엄마 핸드폰의 찬송가 알람을 껐다.

우리 엄마 계속 어둠 속에서 쉬게 해주세요. 회복은 좀 나중에. 오케이?

예수님은 알았다는 듯 고개를 끄덕이더니 십자가를 끌고 어렵게 엄마 목을 타고 넘어갔다.

조용히 문을 닫고 돌아선 오영은 부엌으로 갔다. 어제 사온 빵과 우유가 사이좋게 식탁에서 기대고 있다.

엄마는 찬 우유를 좋아하지.

우유를 냉장고에 넣는데 오냥이 어디서 나왔는지 발목에 얼굴을 비빈다.

 난 찬 우유 싫어해.

 어디 갔었어?

 꼭두새벽에 왜 문을 여냥? 잠 다 깼구만.

 너 궁금해서 연 거 아냐.

 캔은?

질리지도 않냐? 오늘 아침엔 사료 드셔.

 어디 건데?

　오영은 대답도 하지 않고 그릇에 사료를 부어준 후 욕실로 들어갔다. 조공을 올리듯 조심스레 핸드폰을 욕실 맨 위에 모신 후 존경하고 사랑하는 힙합 혼성 듀오 '마릴린 디마지오'에게 공손하게 랩을 부탁했다.

　　햇살은 묻지도 않고 나를 할퀴어
　　이불로 나를 묶어줘 침대에 나를 가둬줘 ♪
　　듣고 싶지 않는데도 이 길 저 길 가리켜
　　여기라고 난 여기라고 난 바로 주먹으로 답을 줘 ♬

　음 좋아⋯⋯. 절을 하듯 세면대에 머리를 박고 물을 틀었다.
　앗, 차가워. 뭐야? 보일러가 또 고장인 거야?
　아파트가 낡아간다는 것은 아파트를 이루고 있는 온갖 파이프도 늙는다는 뜻이다. 파이프는 막히거나 터짐으로써 자신이 매우 중요하니 자주 돌보라는 얘기를 자기들 대장 보일러를 통해 한다. 오영은 나가서 살펴볼까 하다가 귀찮기도 하고 찬물에 대충 적응도 돼서 그냥 머리를 계속 감기로 했다. 대충 감은 머리를 수건으로 둘러싸고 이를 닦는데 이번엔 세면대에서 물이 내려가지 않는다. 물이 다 빠지기도 전에 치약을 뱉은 게 잘못이다. 여기다 손을 넣을 수도 없고 놔둘 수도 없고.

아이 씨!

하는데 문이 벌컥 열렸다.

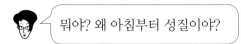
뭐야? 왜 아침부터 성질이야?

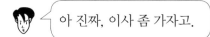
아 진짜, 이사 좀 가자고.

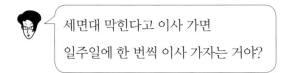
세면대 막힌다고 이사 가면
일주일에 한 번씩 이사 가자는 거야?

오영이 뭔가 반격을 하려는데 엄마가 쑥 들어오더니 세면대에 첨벙 손을 넣었다. 그러더니 안을 휘휘 저어 머리카락 한 움큼을 꺼냈다. 어! 어! 내가 이 닦다 뱉었는데.

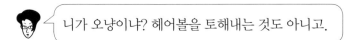
니가 오냥이냐? 헤어볼을 토해내는 것도 아니고.

아 드러워.

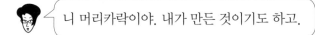
니 머리카락이야. 내가 만든 것이기도 하고.

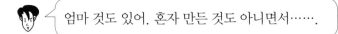
엄마 것도 있어. 혼자 만든 것도 아니면서…….

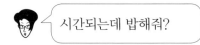
시간되는데 밥해줘?

 시간만 줘.

오영이 마저 닦고 나오자 식탁에 앉아 있는 엄마가 보였다. 그릇 안에서 김이 올라온다.

 이사 가.

뜨거운 스프가 가슴을 데워준다.

 성적표는?

오영은 수저를 내려놓고 거실 탁자에 가서 성적표를 가져왔다. 엄마는 5초도 들여다보지 않았다.

 그림 잘 그렸네. 디테일이 좋아. 특히 이 손끝이 가리키는 5라는 숫자. 우리 딸이 주제를 알아.

 이사 가.

 얘 때문에?

엄마는 성적표를 팔랑팔랑 흔들며 물었다. 어느덧 오냥이 오영이 앉았던 자리에 올라와 식탁에 발을 올리고 입맛을 다시고 있다.

보일러도 만날 고장이잖아. 그거 말고도 이유는 많아.

오냥이 막 식탁으로 점프하려고 했다.

 야! 앉아.

오영이 얼떨결에 앉았다. 오냥은 뛰지 않았다. 그러다 오냥이 오영의 엉덩이에 깔렸다. 오냥이 깽! 소리를 냈다. 저건 욕하는 소리다.

 아니 너 말고 너 앉으라는 소린데. 하여튼 오 양이나 고양이나…… 둘 다 앉았으니 됐고 제일 큰 이유는 뭔데?

오냥이 투덜대면서 의자에서 내려 소파 밑으로 들어가고 있었다.

 제일 큰 이유가 제일 중요한 이유는 아니라고.

 그럼 안 중요한 이유부터 말해봐.

 한 이백 개 되는데?

 시간 됐다. 학교 가. 이백 개는 다녀와서.

 냉장고에 우유 있어.

엄마는 오늘 집에 있겠다고 했다. 스프처럼 든든한 얘기다. 이런 날은 버스도 딱딱 맞춰 온다. 게다가 자리도 많다. 교실에 애들도 몇 없다. 특히 용해가 보이지 않는다. 개운하다. 물결이가 보이지 않는다. 서운하다. 시간표를 보니 1교시는 담임이 하는 창체 시간이다. 아하, 맞아! 담임은 우리 반 1교시가 있는 날은 조회하러 들어오지 않는다. 이런 날은 애들이 귀신같이 알고 늦게 온다. 우르르 애들이 쏟아져 들어오고 개운함과 서운함이 사라진다. 반장이 후다닥 핸드폰을 걷는다. 교무실에서 금방 돌아온 반장이 몇 가지를 칠판 구석에 썼다. 종이 쳤다.

종이 치자마자 종이를 한가득 들고 담임이 들어온다. 참 일찍도 들어오셔. 눈치도 없게.

오늘 창체 시간에는 필사(筆寫)를 해볼 겁니다. 필사라는 건 좋은 문장이나 경전을 베껴 쓰는 일을 말하는 겁니다. 우리나라의 유명한 작가들 중에는 다른 작가들이 쓴 좋은 글을 따라 쓰면서 문장 공부를 시작한 사람이 꽤 됩니다. 작가뿐만이 아닙니다. 교회 다니는 사람은 성경을, 절에 다니는 사람은 불경을 필사하며 마음의 수양을……

앞문이 벌컥 열리더니 누가 쑥 들어왔다. 때 지난 붉은색 큰 파카가 헐렁하다. 샛노랗게 염색한 머리. 진한 화장. 드러난 흰 발목이 춥다. 낯이 익다. 우리 반이다. 옷이 큰 게 아니라 사람이 작구나. 참 가늘구나. 근데 누구더라? 아 미애네. 입학 초에 몇 번 보고 처음 본다.

재…… 재. 아……, 미애지?

물결이 툭 치며 말한다.

 아 미애구나.

담임은 별로 놀라지 않는다. 그러고 보니 애 성이 '아' 씨도 아니고……
괜히 미안해진다.

 저어기 자리 가서 앉아요.

고개만 까딱. 망설임 없이 맨 뒷자리로 간다. 보이지 않아도 만져지는
게 있다. 시선이다. 들리지 않아도 느껴지는 게 있다. 뒷담화다. 미애를
둘러싼 수십 명의 눈길과 수군거림이 느껴진다. 저 애는 그걸 헤치고 여
유롭게 나아가고 있다. 그러고 보니 분명 학기 초에 한 달에 한 번 자리를
바꾸기로 했는데 아직까지 바꾸지 않고 있다. 쟤를 배려하기 위한 담임
의 큰 그림? 에이, 설마. 오영 옆을 지나는 미애의 팔목에서 살짝 그림이
보인다. 가늘고 여린 팔목 위에 그려진 그림은 가늘고 흐려 처음엔 핏줄
인 줄 알았다.

 오늘 써볼 글은 우보(牛步) 민태원(閔泰瑗) 선생님의 「청춘예찬」
이란 글입니다. 울보라고 한 사람 누구야? 음……, 호(號)가 우
보, 소걸음이란 뜻이죠?

일제 강점기인 1930년대, 그 암울했던 시기에 젊은이들에게 보내는 글입니다. 이때에 많은 젊은이들은 무엇을 고민하고 있었을까요? 무엇이 이들을 가슴 뛰게 했을까요? 물론 요즘처럼 취직을 고민하는 사람도 있었을 겁니다. 어떻게 하면 총독부에 취직해 잘 먹고 잘살까를 고민하는 미친 놈 말이지요. 하지만 제대로 눈을 뜨고 있던 젊은이라면 당시 모든 삶을 옥죄고 있었던 일제로부터 해방되어 우리나라가 당당한 독립국가가 되는 것을 간절히 바라고 있었을 겁니다.

청춘! 이는 듣기만 하여도 가슴이 설레는 말이다. 청춘! 너의 두 손을 가슴에 대고, 물방아 같은 심장의 고동을 들어보라. 청춘의 피는 끓는다.

오영은 앞에서부터 전달되어 온 활동지를 천천히 읽어봤다. 무슨 말인지 잘 느낌이 오지 않았다. 듣기만 해도 가슴이 설레는 말이라……. 오영에게 그런 말은 없다. 들어서 설레는 건 음악 아니야?

 야, 이거 완전 깜지 아니냐?

용해가 몸을 돌려 동의를 구하듯 말했다.

 맞아 맞아. 정말 그런 거 같아.

물셀이 넌서 나서서 화들짝 대답을 바치는 걸 본 오영은 용해 시선을 피하듯 뒤를 돌아봤다. 미애는 열심히 쓰고 있다. 의외다.

입학하고 일주일 동안 자기소개를 다섯 번은 한 것 같았다. 담임 시간에, 진로 시간에, 창체 시간에, 심지어 음악 시간에도. 나가서 말로, 앉아서 글로, 모여서 그림으로, 어떨 때는 사진을 들고, 어떨 때는 타로 카드를 고르며. 서울도 아니고 크지도 않은 이름만 도시인 곳에서 몇 안 되는 초등학교, 중학교에서부터 같이 커온 대부분은 한 다리만 건너면 모두 아는 얼굴들이었다. 야, 노래나 해라. 애들은 낄낄거렸고 자기소개는 겨울방학 동안 갈고 닦아온 장기자랑으로 변해가고 있었다.

그중에 미애는 유일하게 낯선 얼굴이었고 그 와중에 한 번도 입을 열지 않았다. '네 차례야' 할 때면 똑바로 마주보며 피식 웃곤 했다. 그게 학생이든 교사든. 시비가 붙지 않은 건 아니었다. 어색한 분위기는 견디기 힘든 것이었다. 여린 몸을 얕보고 낮게 쌍욕을 뱉으며 참여를 부탁했던 몇몇 남자애들은 살기 어린 비명 소리와 목덜미의 흉측한 상처들을 보면서 제자리에 조용히 앉아야 했다. 그때 오영은 임시 반장이었다. 그대로 둘 수는 없었다. 무언가 말을 해야 했다. 쉬는 시간이었다.

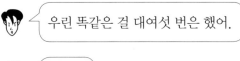 우린 똑같은 걸 대여섯 번은 했어.

 우린?

목소리가 갈라져 있었다.

응. 우린. 지겨운 것도 같이 해야 우리가 되는 거야.

 네가 반장이야?

 임시. 넌 띄엄띄엄 나와서 몰랐겠지만.

 그럼 부탁 하나 하자. 나 어차피 너희랑 오래 볼 일 없다. 그니까 그 너네 우리에서 나 좀 빼줘라.

오영은 화가 나지 않았다. 위협이 아니라 애원처럼 들렸다. 오냥을 처음 집에 데리고 왔을 때의 눈빛, 구석에 숨어 나오지 않으면서 때때로 보이던 길바닥의 눈빛. 상처받은 거다. 저건 겁먹은 거다. 공격이 아니라 수비의 자세다. 잠깐 숨 쉴 틈을 주는 게 좋을 것 같다. 소파를 당겨 구석에 있던 오냥에게 먹이를 주었을 때 어린 오냥은 오영의 손을 할퀴었었다.

 난 시끄러운 건 싫다. 그니까 네가 곤란할 것 같은 시간이 되면 알려줄 테니까 보건실에 가 있건 땡땡이를 까라.

눈빛 밝기가 조금 줄었다. 그 이후로 오영은 몇 번 미애와 말을 주고받았다. 반에서 유일하게.

 이번 시간에 모둠 활동할 거야. 활동 뒤에는 발표가 있고.

엎드려 자던 미애를 흔들면 미애는 오영을 잠깐 보고는 말없이 일어나 나갔다. 어차피 가져온 가방도 없으니 홀가분하게. 그리고 그런 날은 돌아오지 않았다.

자, 이건 여러분에게 벌을 주려고 하는 게 아니에요. 뜻을 생각하면서 천천히 또박또박 쓰는 게 중요한 겁니다. 글씨를 잘 쓰라고 하지는 않았어요. 알아볼 수 있게 쓰라는 말입니다.

담임은 천천히 교실을 돌며 얘기했다. 나눠준 지 10분도 지나지 않아 엎드린 애들을 깨우면서, 용해 앞에선 오래 멈춰 흐뭇하게 웃으면서.

신언서판(身言書判)이란 말이 있습니다. 중국 당나라에서 관리를 뽑을 때의 기준이었습니다. 신(身)은 몸, 즉 단정한 외모를 뜻합니다. 언(言)은 말, 정확하고 논리적으로 말해야 합니다. 서(書)는 글씨를 말하고 판(判)은 사람의 판단력을 말하는 겁니다. 이 기준은 우리나라 조선에까지 많은 영향을 끼쳤는데요, 굳이 요즘과 비교하자면 '신'은 여러분이 대학 입학할 때 보는 면접에 가깝고 '언'은 논술에 가깝고 '판'은 수능에 가까울 겁니다. 문제는 현재 입시에서 '서'를 기준으로 하는 게 없다는 겁니다. 자판에 익숙한 여러분이 글씨를 잘 쓰지 못하는 것은 어쩌면 당연할 수 있겠지만 그래도 글씨는 연습해볼 만한 가치가 있는 것입니다.

내 생각에 글씨라는 것은 사람의 인격을 드러내는 자화상 같은 것이니까요.

　들고 있는 애들도 쓰고 있는 애들도 거의 없었다. 대학에 갈 계획과 의지가 있는 애들에게 내신에 상관없는 창체 시간은 쓸모없는 시간이었고, 대학이 요구하는 능력과 그걸 맞춰줄 생각이 전혀 없는 애들에게 창체 시간은 국·영·수보다 한결 더 놀기 좋은 시간이었다. 그렇게 시간이 남아서, 만만해서 지겨워진 몇몇은 종이를 접어 비행기를 만들거나 그 위에 낙서를 했다. 담임의 얼굴이 사각형이 돼가고 있었다. 어금니를 깨물고 있는 것이겠지.

 신언서판의 각 글자들은 그 쓰인 순서대로 중요한 것이라고 말하는 사람이 많습니다. '신'이 제일 중요하고 '판'이 제일 나중이라는. 그러나 내 생각은 좀 달라요. 이 말들은 모두 순서와 상관없이 중요한 것들입니다. 그리고 따로따로 설 수 없는 하나의 가치를 말하는 것입니다. 즉, 어느 것 하나만 빠져도 사람의 됨됨이를 온전히 파악할 수 없다는 뜻이기도 합니다.

　무언가를 쓰려는 듯 잠깐 담임이 칠판을 향해 등을 돌리자 비행기가 날고 그 비행기를 격추시키기 위한 미사일들이 발사됐다. 오영은 다시 종이를 들여다봤다.

이상(理想)! 우리의 청춘이 가장 많이 품고 있는 이상! 이것이야말로 무

한한 가치를 가진 것이다. 사람은 크고 작고 간에 이상이 있음으로써 용감하고 굳세게 살 수 있는 것이다.

글쎄……. 요즘 청춘이 가장 많이 품고 있는 것이 과연 이상일까? 대학생들은 모르겠고 고등학생만 하더라도 제일 많이 가슴에 품은 건 불안 아닐까? 저기에 엎드려 있는 애들이나 종이로 전쟁을 벌이는 애들도 사실은 불안해서 저러는 건 아닐까? 그리고 이상이 있음으로써 용감하고 굳셀 수 있다니……. 이상이 없으면 용감하고 굳세게 살 수 없는 것일까?

비행기 한 대가 오영의 책상 위로 불시착했다. 담임이 등을 돌린 건 그때였다. 담임은 말없이 오영에게 다가왔다. '누구야?' 하고 묻지 않았다. 낡은 자동차가 폐차장에서 납작해지듯이 비행기는 담임의 큰 손 안에서 구겨졌다. 아무에게도 들리지 않는 깊은 숨소리가 느껴졌다. 종이 쳤다.

천천히 교탁을 정리한 담임은 나가면서 말했다.

버나드 쇼가 말했습니다. 청춘은……
청춘에게 주기에는 참으로 아까운 거라고.

한 손에는 여전히 찌그러진 비행기가 들려 있었다.

시간 시간을 습관적인 잠이나 의미 없는 장난으로 보내는 너희들의 청춘을 압수하고 싶다. 진심으로.

몇 사람 듣지 않았다. 담임을 밀치면서 애들이 먼저 교실을 나가고 있었다. 담임도 탈출하듯 서둘러 나갔다.

　오영은 천천히 일어나 미애에게 갔다. 미애는 여전히 필사하고 있었다. 어색하게. 필사적으로.

왜? 반장.

반장은 쟤야.

　오영은 유일하게 책상에 앉아 있는 애를 가리켰다.

그리고 내 이름은 오영이고.

짤렸어?

반장은 좋은 생기부가 필요한 사람이 하는 거야.
반장 이름은 최나경이고.

꼬박꼬박 이름을 말하는 이유가 뭐야?

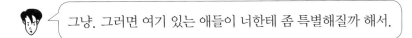
그냥. 그러면 여기 있는 애들이 너한테 좀 특별해질까 해서.

뼈웃겨.

그거…… 쓰는 게 재미있냐?

 재미? 크크크. 난 재미있는 일을 하지 않아. 필요한 일을 하는 거야. 최나경에게 반장 임명장이 필요한 것처럼. 됐냐?

 팔목에 그건 헤나냐?

 아이씨!

갑자기 미애가 털을 세웠다. 팔목의 그림에 날이 서렸다. 언젠가 한 번 본 아빠의 보물인 조선검처럼.

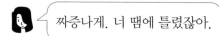 짜증나게. 너 땜에 틀렸잖아.

글씨가 생각보다 예뻤다.

 난 누구든 3분 이상 얘기하면 돌아버릴 것 같거든?
그니까 오지랖 끄고 짜져.

오영은 순간 욱했다.

 좋아, 그 얘기는 나중에 하자.
네가 5분 정도 얘기할 수 있는 능력이 생겼을 때.

2교시, 3교시, 4교시가 지났다. 미애는「청춘예찬」을 다 쓰고 담임이 예비용으로 나눠준 어떤 스님의 글까지 쓰고 있었다. 점심시간에 모습이 보이지 않아 간 줄 알았더니 5교시에 나타나 6교시, 7교시까지 가지 않았다. 쉬는 시간에는 핸드폰을 꺼내 자연스럽게 들여다보고 있었다. 핸드폰을 낸 아이들은 짜증이 치미는 얼굴로 힐끔거렸다. 핸드폰을 켜면 마치 거기에서 커다란 막이 나와 사람을 가려주는 걸까? 그 속에서 미애는 혼자 있었다. 그러다 7교시가 끝나는 종이 울리자 사라졌다. 종례시간에 들어온 담임은 그럴 줄 알았다는 듯 반장에게 미애에 관해 몇 가지 묻더니 영혼 없는 인사도 없이 교실을 나가버렸다.

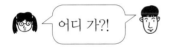
어디 가?!

같은 말을 다른 억양으로 말하는 두 사람. 용해와 물결이 나란히 서 있었다. 뾰족한 느낌표보다 동그란 물음표가 더 상냥하다. 그래서 물음표에만 물음표로 답해주기로 한다.

동아리. 근데 왜 물결아?

아니, 뭐 그냥. 난······

난 안 그냥. 나 복숭아뼈 골절 전치 4주 나왔다.

아, 놔! 이 웬수를…….

그런 인간이 체육 시간에 세 골이나 넣으셨어요?
아주 날라다니더만.

봤냐? 봤지? 오……. 세 골을 다 기억하고.
그걸 다 부상 투혼이라고 얘기하는 거야.

시끄럽고. 억울하면 고소해. 법정에서 만나자고.

경찰서에서 먼저 보게 될 것 같은데?

아냐, 그런 일은 먼저 학폭위가 열리고 나서……
어머! 그게 아니라…….

어쨌든 우리 아빠 변호사가 피자 한 판에 합의 보라고 해서
내가 뭐 그러기로 했다. 그러니까 오늘……

나 지금 지하로 가는 중이거든. 지하세계의
뜨거운 맛을 보고 싶지 않으면 빠지시고,
물결이 넌 이따 내가 전화할게. 미안.

오영은 가방을 싸서 지하 가사실로 내려갔다. 곰팡이 냄새가 진동하는

가사실 앞에는 유진 선배가 혼자 있었다.

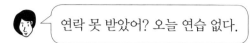 연락 못 받았어? 오늘 연습 없다.

아…… 네. 어제 일이 있어서 연습에 못 나왔거든요.

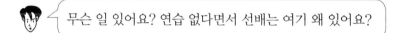 따로 연락 갈 거야. 그러니까 그때까지 스트레칭 꾸준히 하고,
기본 동작 열심히 연습하고. 조금만 기다리고 있어.

무슨 일 있어요? 연습 없다면서 선배는 여기 왜 있어요?

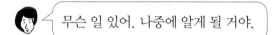 무슨 일 있어. 나중에 알게 될 거야.

무슨 일인데요?

하는데 동아리 부장인 진배 선배가 굳은 얼굴로 내려왔다.

 이제 가봐.

둘이 뭔가 심각한 얘기를 하려는 모양이었다. 연애하나? 오영은 조금
은 홀가분한 마음으로 올라왔다.
핸드폰을 꺼냈다.

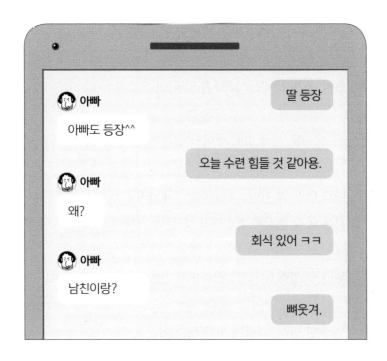

쓰고 나서 순간 오영은 미애가 쓴 말을 자기가 따라 썼다는 생각이 들었다. 집에는 잘 갔나? 기분이 묘했다.

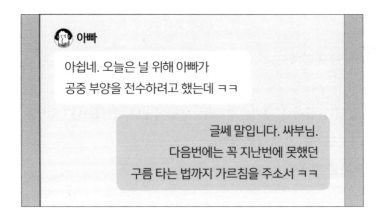

아빠가 참 좋은 점 중의 하나는 모른 척할 줄 아는 용기가 있다는 것이다. 어제의 성적표와 밤늦은 엄마의 전화. 일주일에 두 번 하는 농장에서의 수련을 미룰 정도면 엄마와의 약속이란 걸 뻔히 짐작할 텐데 끝까지 내색하지 않았다.

집에 돌아오니 엄마가 소파에서 졸면서 약속을 지키고 있다. 편하게 침대에서 자지. 엄마 무릎에서 자던 오냥이 얼른 나와 머리를 비볐다. 그런데 집 안에 아무 냄새가 없다.

 뭐야? 밥 안 했어?

 밥은 무슨……. 만날 먹는 거 지겹지도 않냐?

 나도 만날 먹는 사료가 지겨워.

오냥이 따라오면서 중얼거렸다. 오영은 가방을 내려놓고 오냥을 번쩍 들어 안으며 뽀뽀하는 척 말했다. 쉿! 조용히 해.

 음식하기 싫어. 내가 한 건 맛도 없고.
그러니까 오늘은 고기 먹으러 가자.
아침에 사무실에 지랄했더니 페이 들어왔어.

 별로 안 땡기는데?

하여튼 누굴 닮아서.

　아빠는 고기를 그다지 좋아하지 않았다. 사람들과 어울리거나 특별한
일이 아니면 먹지 않았다. 어릴 때부터 그랬다고 했다. 그건 절에서 태어
나고 자랐다는 아빠에게는 어쩌면 당연한 것일 수도 있었다. 반면에 엄
마는 고기를 좋아했다. 생선 한 토막이라도 없으면 수저를 들지 않으려
했다. 엄마가 늦게 들어오는 날 아빠가 준비한 저녁은 그래서 엄마에게
환영받지 못했다. 정성스레 차린 밥상을 아무렇지도 않게 물리는 사람을
보는 일이 쉽지는 않았을 것이다. 그럴 때마다 아빠는 어렵게 구해온 제
철 채소들에게 미안해했다. 엄마는 그럴 때마다 오영이 마른 건 제대로
고기를 먹이지 못해서라고 생각하며 딸에게만 미안해했다.

 하나님이 사람을 만드실 때 다른 동물도 만드신 이유가
뭔지 알아? 다 먹으라고 만드신 거야.

 고양이도?

　응.『동의보감』에도 고양이 고기는 달다고 나와 있는데.

 야, 이거 잠깐 놔봐.

 학교에서 3대 영양소 안 배웠어? 단백질, 탄수화물
그리고 음……, 이미 네가 꽤 갖고 있는 지방?

오냥, 이거 잠깐 놔봐.

 그니까 너도 가끔은 고기를 먹어줘야 해.
특히 자라나는 청소년들에게 단백질은 꼭 필요한 거야.

 늙어가는 고양이에게도 단백질은 꼭 필요하다고.
그니까 언니 나도 데리고 가라, 응?

 어떨 때는 잘 먹으면서…… 어여 준비해.

 엄마, 오늘 머리 안 감았지?

동네 상가의 하나밖에 없는 음식점은 문이 닫혀 있었다. 밥도 팔고 찌
개도 팔고 술도 팔고 고기도 팔던. 도무지 그 정체를 알 수 없던 가게가
정체 모를 이유로 문을 닫았다.

상가 문의. 010-○○○○-○○○○. 대박 부동산.

이름 참……. 처지에 비해 큰 이름은 쓸쓸하거나 가엽다. 가짜 보석으
로 잔뜩 치장한 빈민가의 여인처럼.

 뭘 하나 사 먹으려고 해도 원. 안 되겠다. 시내로 가자. 타.

그 패션으로 시내에 나가자고?

뭘 만드는지 모르겠는 공장들을 지난 뒤 나름 넓은 논을 지나 제법 규모가 있는 갈빗집 주차장 옆에 차는 섰다.

엄마는 집에서 입고 있던 헐렁한 추리닝에 모자를 쓰고 있었다. 오영은 한 발짝 떨어져 걸었다.

 왜? 쪽팔려?

 응.

 이게 다 엄마의 미모를 가리려는 안타까운 시도인 줄도 모르고. 이리 와!

엄마는 작지 않은 오영보다도 키가 컸다. 오영의 목을 한 팔로 감고 길을 건넜다.

 아, 진짜. 건널목 저기 있잖아! 그리고 왜 건너? 우리가 매번 가는 집은 이쪽이구만.

 건널목을 위해 사람이 있는 거냐, 사람을 위해 건널목이 있는 거냐? 그리고 저 집은 다 구워주잖아. 구워주는 동안 사람이 옆에 있잖아.

우리 딸 성적 얘기할 건데 잘생긴 오빠들이
옆에 있어도 돼?

배려인지 야유인지.

 그럼 차를 왜 저기 세워?

 공영주차장은 비싸. 그리고 정확히 봐봐.
우리 차는 갈빗집 주차장 선 밖에 있다고.

그렇게 도착한 허름한 식당. 시간이 이른지 사람도 없었다. 사람이 없
어서 맛도 없을 것 같았다.

습관처럼 물이 놓이고 밑반찬이 깔리고…… 삼겹살이 익을 때까지 엄
마는 아무 말을 하지 않았다.

 이사 가고 싶어?

 이사 가고 싶어.

 이백 가지 시작.

 학교가 너무 멀어. 우리 동네에는 학원도 없어.
동네가 외져서 학원 버스가 오지도 않아.

극장도 없고 '마릴린 디마지오' 공연 한번 보러 가려면 어디 여행가는 기분이야.

 하기야 그러니 집값도 안 오르지. 거기까지 인정.

 오늘도 봐. 뭐 한번 먹거나 사려면 여기까지 나와야 해. 웬만한 마트에서 다 해주는 배달도 우리 동네는 안 된데. 어쩌다 택시 타면 추가요금 내면서도 눈치 보이고.

 그것도 맞아. 나도 술 한잔하고 대리 한번 부르려면……. 아휴!

 그건 술을 안 마시면 되는 거잖아! 하여튼……. 그리고 병원 한번 가려고 해도 차가 없으면 버스 기다리는 시간까지 합쳐 한 시간이야.

 저번에 나 아팠을 때 얘기야? 무서웠어?

 무섭기는……. 내가 애야? 그냥 좀 불편했다는 얘기지.

 알았어. 그럼 제일 큰 이유는?

제일 큰 이유는 이 집에는 엄마가 없다는 거야. 그리고 이 집에 있을 때 엄마는 행복해 보이지 않아. 어떨 때는 엄마가 일부러 이 집을 피하고 있는 것 같기도 해. 집에 있을 때면 계속 서성거리고. 그러면서도 집을 팔거나 이사 가려는 노력도 하는 것 같지 않고. 혹시 그거 다 아빠 때문이야? 어쨌든 내가 제일 이사 가고 싶은 집은 엄마가 있는 집이야. 엄마와 가까운 집, 엄마가 쉴 수 있는 집이라고.

 제일 큰 이유가 뭐냐니까? 너 혹시?

엄마 목소리가 조금 올라갔다. 마치 오영의 마음을 환히 들여다본 것처럼. 부끄러운 것을 들킨 사람처럼.

 나 이제 그만 먹을래. 맛없어.

 먹기 싫으면 먹지 마. 말하기 싫으면 안 해도 돼. 하지만 이건 알아둬. 이사는 나도 노력 중이야. 그러니까 집에 관해선 이상한 상상하지 마. 걱정도 하지 마. 집에 관한 일이든, 나에 관해서든. 내가 네 성적을 걱정하지 않는 것처럼. 말이 나왔으니까 말이지만 성적이 오르든 떨어지든 그에 맞는 길이 준비되어 있을 거야. 그게 네 인생이고. 대학도 마찬가지야. 대학이란 게 뭐 별 거겠어? 등록금 갖다 바치면서 죄책감 없이 노는 게 대학이지. 내가 그랬으니까. 그니까 너도 내 걱정은 하지 마. 쪽팔리니까. 난 이 집이 좋고 불편하지 않아. 아줌마 여기 맥주, 아니 사이다 한 병 주세요.

집에 올 때까지 둘은 한마디도 하지 않았다. 엄마는 슈퍼에 들러 결국 맥주를 사가지고 왔다.

엄마랑 얘기하면 꼭 이렇게 이상하게 어긋나게 된다. 연예인들이 헤드폰 끼고 상대방의 말을 알아맞히는 게임을 하는 텔레비전 프로그램처럼.

 잘 자. 엄마 내일 지방행사 때문에 새벽에 나간다.

엄마는 방 안으로 술을 가지고 들어갔다.

 분위기 왜 이래? 난 어디로 가줄까?

 따라와. 엄마는 좀 혼자 두고.

오영은 엄마가 술을 마시는 걸 한 번도 본 적이 없다. 그건 엄마의 몇 안 되는 원칙 중 하나다. 오영도 자기 방 안에 들어와 누웠다.

> 우리가 서로 사랑해도 넘을 수 없는 게 있어.
> 우리가 많이 사랑해도 어떨 땐 멈춰야 해.
> safe distance. stop at the end line.
>
> 넘어가지 마. 함정이 있을 거야.
> 넘어오지 마. 지뢰가 있을 거야. 뻥!

마음속에 빨간 불이 깜빡이면

어서 빨리 집어 들어 네 웃는 가면

사람들은 모를 거야. 가면 속에 또 가면

알려고도 않을 거야. 비바람이 불어오면

Be careful, It's your mask.

Be careful, It's our red line.

핸드폰을 닫았다. 더러운 세면대에 거침없이 손을 집어넣는 엄마. 화를 꾹꾹 참으면서도 매번 새로운 것을 준비해 오는 담임. 감옥 보듯 학교를 바라보면서도 갑자기 학교에 나오기 시작한 미애. 모두 무슨 이유에서인지 하기 싫은 일을 하고 산다. 그러면서 모두 어느 정도의 거리 이상 사람이 가까이 오는 것은 꺼려한다. 알 수 없는 일이다.

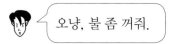
오냥, 불 좀 꺼줘.

싫어.

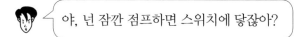
야, 넌 잠깐 점프하면 스위치에 닿잖아?

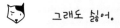
그래도 싫어.

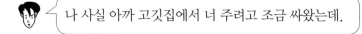
나 사실 아까 고깃집에서 너 주려고 조금 싸왔는데.

딸깍.

오냥도 하기 싫은 일이 있다. 하기 싫을 때가 있다. 그러나 그럴 때라도 오냥을 움직이게 하는 게 있다. 고기. 그럼 엄마와 담임과 미애를 움직이게 하는 것은 무엇일까? 그건 어쨌든 고기보다는 나은 그 무엇이겠지. 그 무엇이 무엇인지 알고 싶다.

 고기는?

 자기 전에 먹으면 살쪄.

 우리 엄마가 예전에 그랬지.
털 없는 동물들 말은 믿는 게 아니라고.

 미안. 내일 줄게.

옆구리로 파고드는 오냥을 느끼면서 오영은 잠이 들었다.

3장

찝찝한 봄에
찝찝하게 떠나냐?

등받이가 없는 긴 의자에 앉아 있었다. 나무들이 빼곡히 주위를 둘러싸고 있었다. 앉아 있는 게 피곤했다. 자꾸 눕고 싶었다. 그런데 누워지지가 않았다. 무언가가 눕지 못하게 했다. 식은땀이 나고 답답했다. 어디선가 아이들이 나타나 주위를 돌며 노래를 부르기 시작했다. 아이들의 얼굴은 보이지 않았다. 소리는 맑았지만 주변의 나무들을 빠져나가지 못하고 계속 귀를 괴롭혔다. 그만, 그만! 귀를 막았다. 꿈이었다.

눈을 뜨자 오냥이 걱정스럽게 내려다보고 있었다.

 왜?

오냥은 아무 말도 하지 않고 가슴에서 내려가 열려 있는 문으로 나가더니 베란다 쪽으로 사라졌다.

집이 참 조용하다. 조용함도 엄마가 있을 때와 없을 때는 차이가 있다.

이럴 때는 비어 있는 조용함 같다. 이 순간, 참 적응 안 되는 이리힌 순긴이 되면 조금은 엄마가 간절하다.

허리가 아프다. 끙 하고 일어나 부엌으로 갔더니 냉장고에 그림이 붙어 있다. 등 돌린 여자. 긴 머리가 옆으로 날리고 있다. 바람이 센 모양이다. 그 앞에 높인 강. 강이 꽤 넓다. 강 너머에 무엇이 있는지 잘 보이지 않는다.

뭘 또 이렇게 예술적으로 삐침을 표현하셨을까?

아침도 당기지 않아 뒤돌아서려는데 가스레인지 위에 냄비가 보였다. 콩나물 김칫국이다. 새벽에 나간다면서 언제 이건 또. 어제 싸온 먹다 남은 삼겹살을 프라이팬에 조금 데워서 사료와 섞어 오냥에게 주고 나서 국을 덜어 밥에 말았다.

고기만 골라 먹던 오냥이 물었다.

뭘?

너 끼끼댔어.

컨디션이 별로야.

인간들은 이럴 때 목욕을 하던데?

귀찮아. 이럴 때는 우리도 너네처럼
혓바닥으로 대충 문지르면 좋을 것 같아.

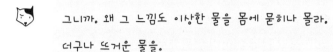 그니까. 왜 그 느낌도 이상한 물을 몸에 묻히나 몰라.
더구나 뜨거운 물을.

뜨거운 물에 몸을 담그면 좋은 점이 많아.
그러니까 돈 주고 온천을 찾아가기도 하는 거고.

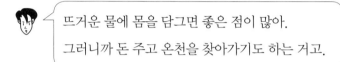 온천? 온천하면 또 온양이지. 캬캬캬~

이걸 확!

이때 핸드폰이 급하게 불렀다. 열어보니 용해에게서 사진이 와 있었
다. 뭔가 싶어 확대해서 봤더니 어제 창체 시간의 활동지 한 부분이었다.

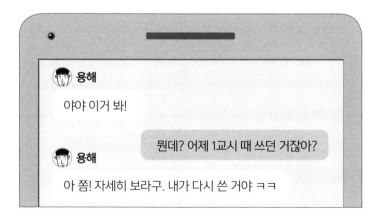

이상(理想)! 우리의 청춘이 가장 많이 품고 있는 이상!

이상(異常)! 우리 급식들이 가장 많이 갖고 있는 이상.

이것이야말로 무한한 가치를 가진 것이다.

이것이야말로 무한한 가치를 가진 것이다.

사람은 크고 작고 간에 이상이 있음으로써

용감하고 굳세게 살 수 있는 것이다.

고딩은 공부를 잘하고 못하고 간에 똘끼가 있음으로써

용감하고 굳세게 살 수 있는 것이다.

필사는 좋은 글을 그대로 따라 쓰면서 생각을 다듬는 것이라고 했다. 그래서 담임은 활동지의 문장 한 줄마다 밑에 빈 칸을 마련해서 따라 쓸 수 있게 했다. 그런데 용해는 청춘에 관한 예찬을 따라 쓰며 이렇게 야유한 것이다. 그래, 어쩌면 이상(異常)한 놈이 진짜 이상(理想)을 가질 수도 있겠지. 오영은 용해가 찍어 보낸 활동지의 한 부분을 보며 생각했다.

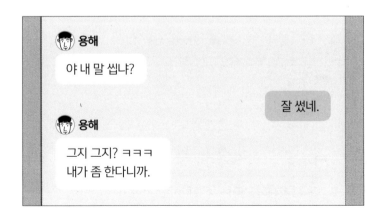

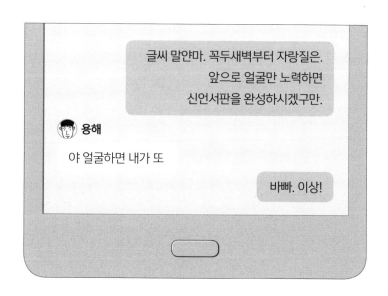

글씨 말얀마. 꼭두새벽부터 자랑질은.
앞으로 얼굴만 노력하면
신언서판을 완성하시겠구만.

용해

야 얼굴하면 내가 또

바빠. 이상!

담임이 용해 앞에 멈춰 서서 흐뭇해한 건 말 그대로 글씨 때문이었다. 특히 한자(漢字)를 쓸 때는 오영이 봐도 아빠와 비교해 뒤지지 않을 정도였다. 애들이 한자만 나오면 기겁을 하며 겨우겨우 따라 그리는 수준이라면 용해는 가지고 노는 수준이었다. 용해가 한자를 쓰는 걸 볼 때마다 오영은 용해가 커 보였다. 그렇게 내가 생각한다는 걸 이놈도 안다. 그래서 꼭 이렇게 한자를 쓸 일이 있으면 짚고 넘어간다. 그냥 좀 넘어가면 더 커 보일 텐데.

오영은 사진을 확대해서 새삼스레 끝까지 읽었다.

청춘은 인생의 황금시대(黃金時代)다. 우리는 이 황금시대의 가치를 충분히 발휘하기 위하여, 이 황금시대를 영원히 붙잡아두기 위하여, 힘차게 노래하며 힘차게 약동하자!

정춘이 인생의 황금시대인긴 급수저나 그런 거죠. 어쨌든 힘차게 노래는 해보죠 뭐. 자, 우리의 마릴린 디마지오께서 비트를 하사하십니다.

평소보다 음악을 크게 틀고 오영은 욕실로 들어갔다. 오냥은 그때까지 '온양 캬캬캬 오냥 캬캬캬' 하며 데굴데굴 구르고 있었다. 으이구, 저 단순한 고양이.

반(半)은 알겠고 반은 모르겠는 수업들이 지나가고, 그렇게 미애도 있는 듯 없는 듯 반(班)에서 스쳐 지나가고 있었다. 애들도 이젠 그러려니 하는지 투명 인간을 대하듯 미애에게 말 한번 건네는 일이 없었다. 미애와 몇 번 눈길이 부딪치면서 오영은 무언가 말을 시켜볼까도 싶었지만 아침에 용해가 보여준 글이 떠올라 참았다. 아침부터 찌뿌둥한 몸 때문에 귀찮기도 했다. 그래, 세상을 용감하고 굳세게 살려면 네가 가진 똘끼 같은 것도 필요하긴 하겠지. 근데 미애야, 이상(異常)을 이상(理想)으로 삼지는 말아라.

3교시 체육 시간이 되고 다들 체육복을 빌린다 입는다 시끄러운 와중에도 미애는 황사로 뿌연 창밖 운동장을 가만 보면서 나갈 생각을 하지 않고 있었다. '뭘 저렇게 보고 있는 거야?' 하는 생각 속에 오영이 화장실에 가서 옷을 갈아입고 와보니 교실 분위기가 이상했다.

 아, 씨발! 어쩌라고. 나갈 거냐고 말 거냐고?

체육부장 만식이었다. 웬만한 어른보다 큰 키에 백 킬로에 가까운 덩치. 학교에 오는 유일한 이유는 급식과 축구 때문이라는 또 다른 폭탄.

초등학교 때 아빠 밑에서 잠깐 운동을 같이한 적 있는 동네 친구이자 양아치였다.

왜 그래?

아 저게 몇 번을 물어도 쌩 까잖아. 체육 쌤이 인원 파악 확실히 하라고 했다고. 안 나가는 이유를 알아야 나가서 얘기를 할 거 아냐.

그렇지. 넌 너의 보스에게 보고할 일이 제일 중요하지. 탈출한 죄수는 없는지 확인만 시켜주면 되지. 그럼 네 두목은 황사고 나발이고 간에 미세먼지가 눈앞을 가려도 공 하나 너한테 맡기고 운동장이 내려다보이는 주차장에 있는 차에 들어가 있으면 되니까. 그럼 넌 너에게만 하사한 휘슬을 자랑스럽게 목에 걸고 운동장을 네 영토로 만들겠지. 시작 종소리에 예민해진 만식이가 몇 번 더 짖어대자 미애가 천천히 몸을 돌리더니 겉옷을 벗었다. 만식이를 힐끗 한번 보더니 씩 웃었다. 팔을 걷어붙이고 맨 앞자리 책상 위에서 무언가를 집어 들었다. 샤프. 그러나 오영이 순간 놀란 건 샤프보다 더 날카로워 보이는 팔목의 문신 끝 부분이었다. 오영은 미애를 막아섰다.

왜? 쟤 얼굴에 편지라도 쓰게?

필요하면.

오영이 여전히 미애를 막아선 채로 고개를 돌려 말했다.

 만식아. 잘하면 피를 보게 될 것 같은데 그럼 체육 쌤이 싫어하시지 않을까? 나가서 대충 둘러대. 체육 쌤은 네 말이라면 무조건 믿잖아. 안 그래?

만식은 상대도 안 되는 조그만 여자애랑 붙는다는 게 이겨야 본전이라는 걸 잘 알고 있다. 어디라도 하나 긁히면 그것도 망신이고. 무엇보다 체육 쌤에게 호루라기를 반납당할 수도 있다는 두려움이 더 컸다. 만식이 나가고 미애가 손에 든 걸 내려놨다.

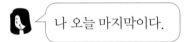 나 오늘 마지막이다.

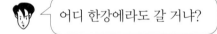 어디 한강에라도 갈 거냐?

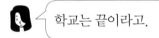 학교는 끝이라고.

 요 며칠 잘 나오더만.

 숙려 기간.

숙려 기간. 엄마와 아빠도 거친 기간. 자퇴를 앞둔 애들한테 조금 더 기다리라고 주는 시간의 이름도 숙려 기간이라니.

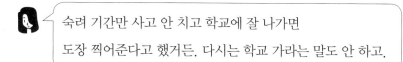 숙려 기간만 사고 안 치고 학교에 잘 나가면
도장 찍어준다고 했거든. 다시는 학교 가라는 말도 안 하고.

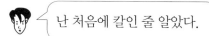 어른이 와서 무슨무슨 서류에 사인해야 된다고 하던데?

올 거야. 한 시간이나 지났지만.

미애는 다시 운동장 쪽으로 몸을 돌렸다. 아니 정문 쪽으로 눈길을 돌렸다.

 난 처음에 칼인 줄 알았다.

자세히 보니 새의 날개였다. 새는 큰 날개를 펴고 미애의 심장 쪽을 향해 방향을 틀고 있었다. 다만 그 새가 오르려는 것인지, 어딘가로 내려가려는 것인지는 알 수 없었다. 미애는 자기 팔목을 한번 보더니 옷을 내리며 말했다.

알바트로스.

미애는 고개를 돌리지 않았다.

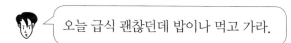 오늘 급식 괜찮던데 밥이나 먹고 가라.

오영은 미애가 피식 웃었다고 생각했다. 뒷모습이 웃었다고 생각했다. 그래 웃었으면 됐어. 언젠가 다시 보자.

체육 시간이 끝나고 들어오니 미애는 없었다. 책상이 깨끗했다. 잡다한 활동지, 가정통신문, 그리고 새것 같은 교과서 몇 권이 쓰레기통에 처박혀 있었다. 4교시가 끝나고도 한참을 교실에 앉아 있다 식당에 내려갔다. 줄을 서기도 싫었고 시끄러운 소리도 싫었다. 어떤 일이든 빠르게 선택하고 후회하지 않는 사람들이 있다. 선택을 빠르게 하는 사람들은 행복할까? 느리게 선택하고 후회하는 사람도 있다. 빠르게 선택하고 후회하는 사람들, 느리게 선택하고 후회하지 않는 사람들. 이들 중에 가장 행복한 사람은 누굴까? 혼자서 천천히 밥을 먹고 들어오니 교실에서 유진선배가 칠판에 뭘 쓰고 있었다.

비트 브레이커. 전원 집합. 5시. 지하 가사실.

매일 학교 수업이 끝나면 댄스 동아리는 별 일이 없는 이상 그 시간 그 장소에 모이곤 했다. 새삼스럽게 전원 집합이라니. 어제 심각하게 둘이 얘기하는 것 같더니 뭔 일이 있나? 유진 선배가 글자마다 힘 있게 찍는 마침표가 불길했다.

 무슨 일 있어요? 새삼스럽게.

 응. 오늘은 한 사람도 빠지지 말고 모여야 해. 중요한 일이야.

어제 진배 선배 얼굴이 안 좋던데……
그거랑 관련 있는 일이에요?

일단 와봐. 와서 얘기하자고.

수업이 끝나고 가사실로 내려갔더니 3학년 선배들 빼고 모두 모여 있었다. 부장인 진배 선배가 말을 꺼냈다.

너희들도 이미 알고 있겠지만 같은 동아리라 하더라도
우리 사이에 실력 차이가 꽤 난다.

이 말을 하고 진배 선배는 유진 선배를 힐끗 쳐다봤다.

춤이란 게 차라리 다 못하면 못했지 한 두 사람이라도 삑사리
내면 잘하는 애들까지 피해를 입는 거거든. 앞으로 여름에 지
역 축제에도 나가야 되고 도 대회 예선도 있고 겨울방학 전 축
제에 발표도 해야 되는데 이렇게 가다가는 죽도 밥도 안 될 것
같다. 그래서 말인데…….

오영은 기분이 나빠졌다. 꼭 자기를 두고 하는 말 같았다. 이럴 것 같았어. 저 인간 처음부터 맘에 안 들었어.

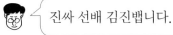 진싸 선배 김진뱁니다.

동아리 오디션을 보기 위해 모인 신입생들 앞에서 능글거리는 게 오영은 맘에 안 들었었다. '진뱁니다'가 '진짜 뱀입니다'로 들렸다. 뒤에 선 몇몇 여자애들이 '오~' 하며 웃어주는 것도 거슬렸다. 어릴 때부터 무예를 배웠던 아빠는 어린 오영에게도 이를 가르치고 싶어 했다. 엄마는 여자애한테 무슨 쌈박질을 가르치냐며 주말마다 차를 몰아 아트 센터가 아닌 마트 센터에서 운영하는 발레 교실에 오영을 집어넣었다. 오영은 춤이 무술이 되고 무술이 춤이 되는 희한한 경험을 했다.

엄마와 아빠가 따로 살기 시작하고 오영이 중학생이 되면서 엄마는 오영에게 카드만 주고 혼자 가서 발레 교실에 등록하라고 했다. 하지만 대한민국 중학생의 자존심이 있지. 우리나라에서 왜 전쟁이 일어나지 않는데. 바로 세계 최강 중딩들 때문인데! 그런데 내가 이 나이 돼서 유치원 애들하고 '플리에(plié)! 땅뒤(tendu)!'나 하고 있어야겠냐고!! 오영은 백조의 호수 옆에 있는 할렘에서 흘러나오는 비트에 마음을 빼앗기기 시작했고, 한 달이 되자 바로 엄마의 허락도 없이 힙합댄스 교실로 반을 옮겨버렸다. 어차피 카드 영수증에는 무슨 반을 등록했는가는 나오지 않았으니까.

힙합은 자유로웠다. 랩은 음정의 속박에서 벗어났고 춤은 기죽지 않았다. 강한 자에게 당당하고 자기 쪽팔림에 솔직했다. 오영은 어느 힙합을 듣던지 "그래서 뭐 어쩌라고?"라는 말이 붙어 있는 것 같은 느낌이 들었다. 그게 제일 좋았다. 나 5등급이야. 그래서 뭐 어쩌라고? 우리 엄마 아빠 이혼했어. 그래서 뭐 어쩌라고, 씨바!

하지만 오영의 길쭉한 팔다리는 발레에서는 장점이었지만 힙합 쪽에서는 흐느적거리는 걸로 보였다. 유명 가수의 백댄서였다는 강사는 지적을 계속했고 심지어 '오징어냐?'라고까지 했다. 오영에게는 참을 수 없는 말이었다. 우리 '오 씨'를 비하하는 거냐? 오영이 뭔가 다른 방향, 랩 쪽으로 기웃거리기 시작했을 때 눈에서 레이저를 쏘는 엄마가 연습실 밖에 와 있었다.

그렇게 춤을 놓다가 고등학교에 올라와 본격적으로 다시 춤을 시작하려는 참이었다. 사실 춤보다 힙합 동아리에 가고 싶었지만 이 학교에는 없었다. 아쉬운 대로 힙합에 가까운 게 댄스 동아리 비트 브레이커였다.

 1차 시험은 선배들의 동작을 보고 그대로 따라하면 되는 거야. 먼저 간단히 시범을 보도록.

오영은 진짜 뱀 같은 선배가 시범을 보이나 했다. 코브라 트위스트? 아, 이건 레슬링 용어지. 뒤에서 누가 불쑥 나왔다.

간단해 보였지만 강력한 춤이었다. 팔과 다리를 뻗을 때는 끝이 없는 것 같았고 꺾일 때는 너무나 갑작스러워서 자동차가 급커브를 틀 때의 고무 타는 냄새가 났다. 3분도 걸리지 않았다. 금방 끝났다. 보여준 동작들이 너무 짧아 목이 말랐다. 그게 유진 선배였다.

자유롭게 추는 춤이라면 부담스러웠지만 따라하는 건 자신 있었다. 아빠와의 수련은 아빠의 동작을 계속 따라하는 것이었다. 오영은 우수한 성적으로 동아리 오디션을 통과했다.

그래서 밀인데, 진배는 동아리를 수준별로 나누고 싶어 한다. 굳이 말하자면 1군, 2군 하는 식으로.

 그럼 2군은 뭘 하죠?

오영이 물었다. 진배가 다시 말을 받았다.

 2군도 할 건 많아. 음악도 믹싱해줘야 하고 의상을 알아보거나 분장을 맡을 수도 있어.

 그럼 무대에 설 일은 없는 거예요?

풀죽은 목소리 하나가 힘겹게 고개를 들이밀었다. 돌아보니 같은 반 기수였다. 아 맞아, 쟤도 여기 동아리지. 도저히 댄스 동아리 들어올 각이 아니었는데. 아직도 왜 여기로 왔는지 이해가 되지 않는 애였다. 동아리 구성을 위한 인원이 모자라지 않았다면 선배들은 기수를 받아주지 않았을 것이다. 진배가 합격자 공고 후 다들 처음 모인 자리에서 기수에게 얘기했다. 용기가 가상해서 뽑아줬다. 근데 넌 일단 살을 빼라.

 아, 물론 꾸준히 연습해서 실력이 올라오면 1군으로 올려줄 거야.

 누가요?

야, 누구긴 누구야. 내가 하는 거지.

짜증이 묻어나는 대답에 웅성거리는 소리가 되돌아왔다. 다시 유진 선배가 나섰다.

잠깐! 조용히. 이건 선배 모두의 의견은 아니야.
부장인 진배 혼자 생각이야.
난 그 생각에 반대하고 있고.

그럼 선배 생각은 뭔데요?

오영이 다시 물었다. 잠깐 침묵이 흘렀다.

난 이럴 바에는 아예 팀을 따로 만들었으면 좋겠어.
누구든 들러리를 하려고 동아리에 들어오지는 않았을 테니까.

야! 들러리라니.

그럼 들러리가 아니면 뭔데? 네 기준에는 맘에 들지 않을지
몰라도 난 우리 동아리에 들어온 모두가 한번은 무대에 설 권
리가 있다고 생각해. 넌 지금 네 욕심을 위해서 많은 애들을
들러리로 만들고 있는 거라고.

웃기네. 야! 난 무대에 올라가 웃음거리가 되는 걸 막아주려는 거야. 그리고 팀을 나눠서 따로 만들면 어떻게 만들 건데? 지금 와서 담당 쌤을 구하거나 연습실을 구하는 건 또 어떻고?

그건 니가 걱정할 바 아냐.

니가 춤 좀 춘다고 애들이 다 너 따라서 나갈 것 같냐? 웃기지 말라고. 넌 나한테 비하면 한참 밑이야.

욕이 나오기 시작했다. 둘이 점점 가까이 붙었다. 누구든 손을 올리면 주먹이 될 만큼 가까운 거리가 돼서야 애들은 둘을 말리기 시작했다.

좋아. 나도 니가 나가는 건 안 말려. 나랑 같이 할 사람은 내일까지 여기로 다시 와. 유진이랑 할 사람은 나타나지 말고.

좋아. 나도 여기 곰팡내 나는 곳에 미련 없어. 나랑 새롭게 시작할 사람들은 내일 운동장 농구 골대 옆으로 모여.

히햐~ 참나 원. 엄마 아빠를 그때그때 선택해야 되는 나한테 이번엔 선배 둘을 놓고 선택하라는 거냐.

오영은 아빠한테 가는 버스 안에서 기막혀 했다. 농장에 도착하니 아빠는 마늘밭에 잘 삭힌 오줌으로 웃거름을 주고 있었다.

아 순간 짜증. 저놈의 오줌.

아빠는 농사에 관심을 갖기 시작하면서 집에서 오줌을 모으곤 했다. 화장실에 따로 오줌통을 만들어 소변은 꼭 그곳에서 보곤 했다. 엄마는 질색했다.

 그냥 하던 빵 가게나 계속하라고!

엄마는 더럽고 냄새나는 오줌을 꼭 집에서까지 모으는 아빠를 이해하지 못했다. 아빠는 삭힌 오줌은 최고의 비료라며 다 지구를 살리고 우리 몸을 살리는 길이니 제발…… 하며 쩔쩔맸다.

 당신까지 모으라고는 안 할게.

 뭐라고? 아니 지금 그걸 말이라고.

엄마는 점점 절망했고 아빠도 점점 쩔쩔매지 않았다. 그럴 땐 오영도 엄마 편이었다. 아빠가 직접 기른 거라며 가져온 상추나 고추를 먹을 때마다 조금은 찜찜했기 때문이었다. 그러나 아빠는 포기하지 않았다. 화가 난 엄마가 어렵게 모아놓은 오줌을 변기에 부어 버리고 심지어 오줌통을 밖에 버려도 아빠는 다시 오줌통을 만들어 가지고 들어왔다. 사람이 잘못해서 지옥에 가면 똥물에 빠져 잠수하는 벌을 받는다던데……. 그때 오영은 그 지옥의 벌을 받는 기분이었다.

 오, 내 딸~

　오영은 지난 생각에 대꾸 없이 아빠 앞을 휙 지나쳐 장갑을 끼고 마늘
밭에 쪼그리고 앉았다. 풀이 많이 올라왔다. 팔을 걷어붙이고 풀을 뽑기
시작했다. 풀은 자라는 것을 포기하지 않는다. 아빠가 오줌을 포기하지
않았던 것처럼. 아무리 잘생긴 열매와 예쁜 꽃들이 옆에 있어도 풀은 기
죽지 않는다. 아빠가 꽃 같은 엄마 옆에서도 기죽지 않았던 것처럼. 그리
고 풀들은 말하는 것 같았다. 니들은 예뻐서 좋겠다. 그런데 뭐 어쩌라
고? 난 그냥 내가 좋은데.

　한참을 쪼그리고 있었더니 다리가 저려왔다. 오영은 비닐하우스에 가
서 농사용 방석과 호미를 챙겨 들고 마늘밭 한곳에 다시 자리를 잡았다.
벌레들이 급하게 흩어진다. 안쓰럽다. 난 너희들을 해칠 생각이 없어. 한
때 벌레가 무서운 적도 있었다. 몸에 비해 너무나 가늘어 보이는 다리,
그 다리만큼 긴 더듬이, 그 다리와 더듬이를 이용한 필사적인 움직임. 그
러나 무엇보다 벌레들이 무서웠던 것은 알 수 없는 그들의 방향 때문이었
다. 멀리 가나 싶다가도 방향을 조금이라도 바꾸면 그건 곧 자신을 향한
돌격처럼 보였다. 놀란 오영이 벌떡 일어나 대련 자세를 취한 적도 있었
다. 덤벼! 그럴 땐 아빠가 꼭 옆에 있었다.

 주먹이나 발차기보다는 칼이 낫지 않겠니? 큭큭.

　그러나 벌레가 없다면 식물도, 인간의 미래도 없다는 사실을 깨닫게
되는데 오랜 시간이 걸리지 않았다.

아빠와 함께 농사를 짓는 어른들은 자연과 조화를 이루면서 농사짓는 걸 무엇보다 중요하게 생각했다. 그래서 검정비닐로 흙을 덮는 대신 낙엽을 깔고, 화학농약으로 벌레들을 죽이는 대신 벌레들과 공생하는 방법을 연구했다. 화학비료를 사용하는 대신 다들 집에서 오줌을 모아오거나 생선이나 깻묵 같은 재료로 직접 액비를 만들어서 사용했다. 어떨 때는 유통기한이 지난 막걸리를 구해 와서 웃거름으로 사용하기도 했다.

그런 노력들 덕분에 아빠 농장은 벌레들의 천국이 되었다. 땅강아지와 지네는 말할 것도 없고 거미와 사마귀도 바글바글하다. 호미로 흙만 파면 지렁이가 꿈틀거리고 이제는 도마뱀도 모자라서 두더지까지 굴을 파고 다녔다. 동네 어른들은 두더지가 있으면 농사를 망치니까 덫을 놓거나 약을 치라고 했지만 아빠와 농장 회원들은 드디어 흙이 완전히 살아났다며 오히려 좋아했다.

 그런데 정말로 두더지 때문에 농사 망하면 어떡해?

사실 농사가 망하는 건 별로 걱정되지 않았다. 망쳐진 농사를 보게 될 아빠가 걱정스러웠다.

 농사를 지을 때 사람만 생각해서는 안 돼. 농사는 자연과 함께 나눠 먹는다는 마음으로 하는 거야. 우리가 땅을 아끼면 땅은 훨씬 많은 걸 되돌려주지. 벌레나 동물이 농사에 해를 끼치는 건 자연이 병들었기 때문이야. 생태계가 건강하다면 자연은 천적을 통해서 사람들이 걱정 없이 농사지을 수 있도록 도

와주거든. 그러니까 우리는 자연과 함께 농사짓는다는 마음으로 믿고 기다려야 해.

그래요. 뻔한 답 고마워요. 뻔한 답을 뻔하지 않게 믿고 있는 아빠를 믿어요. 혹시라도 일 년 농사를 망친다 해서 농장이 사막 되는 건 아니니까 혹시라도 누구에게 보여주려고 너무 안간힘 쓰지는 마세요.

두더지가 습격을 하고 멧돼지가 다녀간 흔적을 보였어도 다행히 농사는 망하지 않았다. 아빠는 자신감을 가졌고 점점 많은 소출을 보게 되었고, 오영이 믿듯 아빠를 믿은 농장의 회원들도 흩어지지 않고 지금까지 왔다. 다행이었다.

아까부터 보이지 않던 오릉이 어느샌가 옆에 와 있었다.

 해가 꺾이고부터 먼지가 좀 가신 것 같던데
왜 니 얼굴은 여전히 황사주의보야?

 그게 보여?

 보이기만 하는 줄 알아? 냄새도 난다.
인간은 마음에 뭘 품고 있는지도 다 냄새로 풍기거든.

 지금 내 냄새가 어떤데?

냉장고 속에 오래 묵혀둔 반찬통 같은 냄새야. 곧 상할 것 같아.

 점쟁이를 하셔.

 진짜 난다니까. 나만 그런 게 아냐. 저기 봐. 네 아버님이신 오만해 선생께서도 너한테 나는 냄새 때문에 아까부터 계속 네 눈치를 보고 있잖아. 그러니까 오늘은 너를 위해서도 일 좀 더하는 게 좋을 것 같은데? 물론 무료로.

오영이 중학교에 들어서면서부터 아빠는 오영이 밭일을 거들 때면 얼마간 작은 돈을 주곤 했다. 그 작은 돈이 요긴할 때가 많았던 터라 그걸 바라고 먼저 밭에 들어서기도 했었다. 하지만 아빠가 없는 빈 밭에 오영이 혼자 들어설 때도 있었다. 오늘처럼 복잡한 일들이 발목을 잡을 때면 공손히 고개 숙여 땅에 엎드리는 일이 도움이 됐다. 신기하게도 그렇게 밭에서 땀을 흘리다 보면 천천히 화가 풀리고 마음이 가라앉았다.

 어제 회식에서 안 좋았어?

 엄마 얘기야? 음……. 아니 학교 일이야.

 다행이네.

 뭐가 다행인데?

아냐. 생각이 너무 복잡할 때는 몸을 움직이는 게 좋아. 시작하자.

오영은 비닐하우스에 들어가 도복으로 갈아입고 나왔다. 헐렁한 소매 사이로 바람이 들어온다. 바람은 틈이 있으면 어디든 들어온다. 별로 떠올리고 싶지 않은 기억도, 쓸데없는 걱정도 마음을 잘 여미지 않으면 기어코 파고든다.

 오늘은 다스림 동작 건너뛰면 안 돼?

 뭐든 단계가 있는 거야. 좋은 열매를 얻기 위해서는 땅을 먼저 갈아야 하는 것처럼. 힘이 들고 격렬한 운동을 하기 전에 몸을 준비시키지 않으면 다치게 돼.

비닐하우스 옆에 조그맣게 깔린 잔디밭에 아빠와 마주 앉았다. 천천히 눈을 감고 호흡을 가다듬었다. 발가락 끝에서 머리카락까지 온몸 구석구석을 돌아보고 느끼는 시간이었다. 지나는 바람을 붙잡아 핏줄에 길을 만들고 사방에 흩어지는 햇빛을 모아 몸을 데워야 했다. 그런데 오늘은 그게 영 맘대로 되지 않았다. 허리와 아랫배 쪽에서 걸리는 느낌이었다. 느낌이 막히자 생각도 한곳에서 맴을 돌았다.

춤을 좋아하는 것은 유진 선배나 진배 선배나 마찬가지일 것이다. 그런데도 그 춤을 통해 이루려고 하는 것은 영 다른 것 같았다. 팀을 대표하는 선수를 뽑아 집중적으로 지원해야 한다는 생각과 누구나 실력에 상관없이 무대를 누려야 한다는 생각. 그 두 생각의 차이는 가까운 것 같으면서도 꽤 먼 것이었다. 당장 내일이면 선택을 해야 한다. 어느 팀에 가는 것이 맞는 것일까? 실력 있는 사람만이 무대에 서고 조명을 받는 것이 당연하다는 진배 선배의 말이 맞는 건지, 아니면 누구나 자신을 표현할 권리를 갖는다는 유진 선배의 말이 맞는 건지 헷갈렸다.

미애의 일도 헷갈렸다. 학교를 그만두기 위해서 잘 다니는 걸 보여줘야 한다는 미애의 부모님도 웃겼고, 그렇다고 그걸 따라주는 미애도 이해하기 어려웠다. 학교를 통해 무언가를 이루려는 사람들과 학교 자체를 거부하는 사람의 차이는 무엇일까? 무엇보다 그 새, 알바트로스. 그 새는 왜 미애 팔에서 날고 있는 것일까?

 마음이 잘 안 다스려져?

 몸도 제멋대로야.

 학교 일이 자꾸 걸리는구나?

아빠는 무슨 일인지 더 묻지 않았다. 물었어도 대답하기 쉽지 않았을 것이다. 선택의 대상이 되는 사람들은 선택하는 사람들의 어려움을 잘 모른다. 길을 정한 사람들은 길을 시작하려는 사람들의 고민을 알지 못한다. 틀리더라도 내가 스스로 만들어야 하는 대답이 있을 거라고 오영은 생각했다.

 오늘 수련은 영 아닌 것 같아.

밭에서 할 일 있으면 알려줘. 무료로 할게.

 그럼 먼저 밭에다 물 좀 대줄래? 가뭄이 너무 심해.

 아, 누가 내 맘에도 시원하게 물 좀 대주면 좋겠다.

 뭐라고?

 ㅎㅎ~ 아닙니다. 아니고요. 그나저나 우린 가뭄 걱정할 필요 없잖아. 수도꼭지만 돌리면 지하수가 콸콸인데.

 그렇기는 해. 하지만 생각해봐. 여기서 처음 농사를 시작할 때만 하더라도 우린 물 없이 농사지었었잖아. 한 달에 한두 번씩 꼬박꼬박 비가 내렸으니까. 그런데 몇 년 전부터 전국적으로 가뭄이 부쩍 심해졌어. 재작년에는 감자를 심고 수확할 때까지 비가 한 방울도 내리지 않았고. 모가 가뭄에 타죽는 바람에 모내기를 두 번씩 하는 동네도 많았어.

 그러다가 괜찮아지겠지, 뭐.

 문제가 그렇게 간단치 않아. 가뭄이 지속되는 일수가 점점 길어지고 있거든. 더 심각한 건 그런 현상이 세계 곳곳에서 일어나고 있다는 거야.

몇 년 전에는 가뭄 때문에 미국의 옥수수 농사가 완전히 망한 적이 있어. 그리고 학교에서도 들었겠지만 점점 오래 계속되는 가뭄이 지구의 사막화를 가속화시키고 있잖아. 그 얘긴 농사지을 땅이 점점 줄어들고 있다는 거야. 난 너희들이 어른이 되기 전에 식량 대란이 일어날까봐 겁이 나. 다들 식량 대란을 먼 미래의 일로 생각하는데 난 지금의 기후 변화가 식량 대란의 신호탄이라고 생각해.

맞아. 학교도 사막화되고 있어. 내가 생각하던 학교가 아니야.

너무 나쁜 쪽으로만 생각하는 것 같은데.

글쎄, 그럴지도 모르지. 하지만 비관적인 게 꼭 나쁜 것만은 아니야. 우리가 어떤 사건이나 사물을 볼 때 다양한 시각이 있을 수 있지만 최악의 경우를 생각하고 준비하는 게 아주 중요해. 그렇게 최악의 상황을 생각하고 있는 과학자들 중에는 십년 뒤에 인류의 사십 퍼센트가 먹을 게 없어서 굶어 죽을 수도 있다고 경고하고 있어. 여기서 정말 중요한 것은 가능성이야. 식량 대란이 일어날 가능성이 예를 들어 천분의 일이라고 치자. 그럼 안전한 걸까? 그런데 그 천분의 일이 현실이 된다면 어떻게 될까. 상상만 해도 끔찍한 일이지. 그래서 우리는 지금부터 그 위험에 대비를 해야 하는 거야. 하지만 사람들은 그것에 대해서 심각하게 생각하지 않아.

그러다가 정말 큰일 날 수도 있는데 말이야.

마늘과 양파 밭고랑의 양쪽을 막고 지하수에 연결된 호스를 끌고 와서 물을 댔다. 모든 생물의 진화는 물에서 시작됐다고 배웠다. 인간의 문명도 물이 있는 곳에서 시작됐다. 그렇게 위대하고 중요한 물. 그런데 물은 언제나 제일 낮은 곳을 향해 흘러간다. 그렇게 흘러서 자기가 나온 곳을 향해 다시 천천히 스며든다. 오늘따라 밭이 그렇게 넓어 보이지 않았다. 멀리서 오릉이 꼬리를 흔드는 게 보였다.

집에 돌아오자 오냥이 꼬리를 흔들었다.

 그래 너도 하루 종일 집에서 혼자 있는 게 보통 일은 아니겠지.
혼자서 얼마나 외로웠을까?

 아니. 혼자 있는 건 좋은데 배고픈 게 보통 일이 아니야.

 음⋯⋯. 진짜 넌 반전 있는 고양이야.
나가서 쥐라도 잡지 그랬냐.

 진짜? 그래도 되냥?

오냥이 길게 기지개를 폈다.

응, 그래도 돼. 그런데 한 번 나가면 다시는 들어올 생각하지 말고.

캔이나 따 줘. 난 인간들이 부러운 게 하나도 없는데 손가락 하나는 부럽더라. 아, 잠깐. 너 손부터 씻고.

손을 보니 손톱 끝에 흙물이 들어 누렇다. 한참이나 풀을 뽑고 또 한참이나 손을 씻고 왔는데도 비누를 쓰지 않아서 그런지 흙을 만진 흔적이 그대로 남아 있다. 무엇이든 스치고 지나가는 것은 흔적을 남긴다. 오영은 잠깐 미애를 생각했다. 그래, 알바트로스. 오영은 그대로 앉아 핸드폰을 켰다.

모든 조류 중 가장 활공을 잘하는 조류로, 바람 부는 날에는 매우 길고 좁은 날개로 날갯짓을 않고도 수 시간 동안 떠 있을 수 있다.
바람이 불지 않으면 뜰 수 없다는 말이네.

신천옹(信天翁)이라고 불린다.
하늘을 믿는 노인이라는 뜻이라고?

번식기에만 해안가에 온다.
필요할 때만 필요한 일을 하는군.

사진이 쭉 이어졌다. 생각보다 몸집이 컸고 그 몸보다 날개가 훨씬 컸

다. 땅에서 씌힌 사진들은 대부분 둔하고 느리게 보였다. 하지만 날개를
펴고 하늘에 오른 사진은 날렵하고 웅장했다. 그중에 미애의 팔에 있었
던 그림과 비슷한 사진을 하나 보았다. 방향을 돌리는 모습이었다. 그 흰
날개의 끝부분만 진한 색이어서 더욱 날카롭게 보였다. 칼이라고 오해할
만하다. 힘이 빠져 바다로 내려오게 될 때 잠깐 바닷물에 잠기게 된 부분
이 염색된 것처럼 보였다.

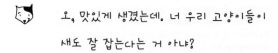
오, 맛있게 생겼는데. 너 우리 고양이들이
새도 잘 잡는다는 거 아냐?

어이구 그럼요. 알다마다요. 뭐든 못하시겠어요.

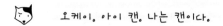
오케이. 아이 캔. 나는 캔이다.

오, 조동사 캔! 너 집에서 혼자 영어 공부하냐?

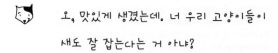
예스. 아이 캔 두 잇. 나는 캔을 두 입이면 다 먹는다.

　고양이용 간식 캔을 사료와 섞어주니 그제야 오냥은 헛소리를 멈추고
떨어져나갔다.
　날개가 너무 커서 육지에서는 뒤뚱거리고 아무에게나 쉽게 잡힌다는
바보 새. 하지만 거센 바람을 만나 날아오르기 시작하면 몇 년이고 땅에
내려오지 않는다는 새. 가장 멀리 난다는 새. 두 달이면 지구를 한 바퀴

돌 수 있다는 새. 저 새를 잡을 수는 있겠지만 새장 안에 가두고 기를 수는 없겠다는 생각이 들었다. 미애를 학교에 가두고 기를 수 없는 것처럼. 미애는 지금 어디선가 바람을 기다리고 있을까? 사냥꾼이 득실거리는 위험한 땅을 벗어나 날아오르면, 그때는 행복할까? 그 생각이 미치자 오영은 조금 마음이 놓였다.

나를 가두지 말아요.

여기에만 있으라고 말하지 말아요.

당신을 내 등에 태워줄 수는 없지만

내가 날아가는 그 넓은 바다를 다 보여줄 수는 없지만

지금 보이는 구름만 보더라도

밤이면 빛나는 별 하나만 보더라도

내가 있고 싶은 하늘을 당신도 알 거예요.

하늘로 뛰어드는 내 마음을 알 거예요.

나무를 꺾는 바람, 얼굴을 때리는 바람을

무서워하지 마세요.

그 바람에 올라타면 그 바람에 날 맡기면

그동안 쓸모없던 날개들이

볼품없던 깃털들이

얼마나 빛나는지 알게 될 거예요.

얼마나 소중한지 알게 될 거예요.

바람을 피하지 마세요.

나를 새장에 가두지 마세요.

바람을 기다리세요.

이 끈을 풀어주세요.

내가 날아올라 보는 것을 당신이 한 번이라도 보게 된다면

내려오라 말하지는 못할 거예요.

돌아오라 말하지는 못할 거예요.

오영은 깜빡 잠이 들었다. 아침부터 개운하지 못했던 몸에 어지러웠던 마음들이 피곤했다. 그 피곤한 잠 속에서 오영은 천천히 날아올라 엄마가 바라보고 있었던 넓은 강을 건너 먼지 낀 운동장을 가로질렀다. 농구 골대 밑에는 사람이 없었고, 3층 교실 창문에는 무표정한 미애가 붙어 있다가 손을 흔들어주었다. 손을 흔드는 미애의 손에서 새가 한 마리 날아올라 오영을 뒤따라오고 있었다. 밭에선 허리 굽힌 아빠의 등이 보였고 보지 못하고 있는 아빠를 대신해 오롱이 컹컹 짖었다. '더 날 수 있어. 더 오를 수 있어' 하는데 갑자기 힘이 빠지더니 새벽잠에서 보았던 작은 숲으로 몸이 곤두박질쳤다.

깜짝 놀라 잠에서 깼다. 씻지도 않은 몸에 식은땀이 흘렀다. 땀은 엿처럼 몸에 붙어 끈적거렸다. 다시 허리가 아파오고 배가 당겨왔다. 몸이 땅 밑으로 가라앉는 것 같더니 느낌이 왔다. 생리였다. 맑은 날이 별로 없던, 먼지 가득했던 봄이 가고 있었다.

4장

꽃은 열매를
예고하는 거야

기말고사를 앞두고도 공부하는 애들은 거의 없었다. 기말고사를 앞두고 공부하는 척하는 애들은 많았다. 시험이 시작되기 2주 전부터 아이들은 "자습 시간 주세요!" 한마음으로 외쳤고 그렇게 시간이 주어지면 잠을 자거나 여유 있게 교실을 돌아다녔다. 누구도 한 자리에 5분 이상 앉아 있지 않는, '에어컨을 켜라 꺼라' 같은 주제로 욕이 꽃피고, 쓰레기가 강물처럼 흐르는 교실을, 특별한 비명이 나오지 않는 한 선생들도 신경 쓰지 않았다. 그렇게 평화로운 시간들이 지나갔다.

총정리라고, 시험에 꼭 나온다고, 이건 꼭 보라며 목청을 높이던 담임은 결국 지쳐 한마디 했다.

 공자님은 『논어』에서 이렇게 말씀하셨지. 제자가 스스로 노력하고 애쓰지 않으면 나도 깨우쳐줄 바가 없고, 내용을 다 알고 있으나 표현만 못할 정도에 이르러서야 나도 입 밖에 나올 수 있도록 가르침을 준다. 하나의 시범을 보이면 그걸 통해 셋의 이치를 알아야 하거늘, 그럴 마음이 없는 제자에게 다시는 반복하여 알려주지 않는다. 그래, 공자님도 못하는 걸 내가 어떻게 하겠냐. 진도는 다 나갔으니까 자습해라. 뭐라고? 나경아? 아니 아니, 지금 말한 건 쓸 필요 없어. 시험에 안 나와.

"나누라고? 뭘 나눠? 『논어』라고? 책 이름이야?" 하면서 사회 교과서 한쪽에 받아 적으려던 또 한 사람, 물결이 에이 하면서 학원 수학 교재를 꺼냈다.

야! 오영. 너 그동안 봉사활동 몇 시간 했냐?

그동안 자리를 바꿔 뒷자리로 간 용해가 말을 걸어왔다.

그건 왜?

물결이 이쪽을 쳐다보는 게 느껴진다.

꿀 빠는 자리가 하나 생겼거든. 오빠가 너를 위해 준비했다. 이번 주말 어때?

내일모레? 비 엄청 온단다. 비가 오면 이 몸이 또 바쁘시거든.

북한 미사일도 고민해야 하고, 청년 실업도 고민해야 하고. 그런데 넌 봉사를 꿀 빨 때만 하냐?

 꿀 빨 때도 하고, 못 빨 때도 하고. 찬밥 더운밥 가리냐? 근데 이건 더운밥이야.

 나 같은 지역 인재는 모시러 오는 곳이 많아요. 그리고 네가 잘 모르나 본데 생기부용 봉사활동은 정기적으로 꾸준히 하는 게 도움이 되거든. 내가 그런 곳을 하나 아는데, 니가 나한테 붙을 생각은 없냐?

　봉사활동은 대학을 가기 위한 하나의 조건이었다. 대학이 원하는 기준을 맞추기 위해 생활은 없고 기록만 있는 생활기록부에 한 줄의 이야기라도 더 넣는 방법은 두 가지였다. 아무것도 안 하고 슬슬 놀아도 시간을 쳐주는 기관을 소개해주는 부모가 있던가, 학생을 원하지도 않는 기관에 사정사정해서 들어가 봉사가 아니라 그 어른들의 월급 값을 대신해주던가.

　결국 사회에 봉사하기 위해 대학을 가는 학생이 없는 상황에서 대학을 가기 위해 봉사하고 있는 일들이 벌어지고 있었다. 그 어떤 좋은 일도 억지로 해야 하는 것이 되면 하기 싫어진다. 봉사활동은 짐이고 숙제였다. 오영은 그런 숙제를 하기는 싫었다. 그 하기 싫은 숙제를 도와준 것은 뜻밖에도 '기관을 소개해준' 아빠였다.

중간고사가 끝나고 농장에 들렀을 때 아빠는 평상 위에서 지역아동센터의 도토리 선생님과 이야기를 나누고 있었다. 아빠가 해마다 달마다 틈날 때마다 이런저런 채소를 기부해온 지역아동센터는 선생님들을 별명으로 불렀다.

 다른 건 아니고 우리 센터에 다니는 초등학생 애들이 춤에 아주 관심이 많거든. 음악 좋아하는 애들도 많고. 그래서 올봄에 지원 받아서 춤 연습을 할 수 있는 공간이랑 밴드연습실을 만들기 시작했는데 이제 거의 완성이 됐어. 아빠 말씀을 들어보니 오영이 네가 학교에서 춤 동아리 활동도 열심히 하고 실력도 상당하다던데, 앞으로 친구들과 함께 시간될 때마다 센터에 와서 아이들에게 춤을 가르쳐주면 어떨까? 그 시간 외에는 언제든지 너희들이 연습실을 써도 돼.

 니가 춤을 잘 춘다고?

오릉의 말 뒤에서 분명 ㅋㅋ를 느꼈다. 저 개는 내가 농장에서 혼자 춤 연습하는 걸 본 적이 있다. 아, 저 똥개. 그때 묶어뒀어야 하는 건데.

그나저나 내 춤 실력이 상당하다고? 사람한테는 처음 듣는 얘긴데? 물론 동물들한테도 들은 적은 없다. 일단 기쁘기 전에 당황스럽다. 특히 아빠가 그런 말을? 아빠는 칭찬에 인색하다. 아니 칭찬을 부끄러워하는 것 같다. 고기도 먹어본 사람이 잘 먹고 칭찬도 해본 사람이 잘한다. 아빠는 고기를 잘 안 먹어서 칭찬도 못하나? 그래서 엄마가 공들여 머리를 바꾸고 새 옷을 입어도 예쁘다는 말 한번 못했던 건가? 아니지, 아니지, 옆으로 새지 마. 그럼, 칭찬을 들은 적이 없어서 할 줄을 모르는 건가? 할아버지 캐릭터를 생각해보면 어느 정도 일리 있다. 불쌍한 아빠. 그렇다고 거짓말을 하면 안 되는 거 아냐? 나도 내 주제는 알고 있는데…….

지난봄에 농구 골대에 모인 인원은 열 명도 채 되지 않았다. 예상대로 기수도 있었다. 대부분 유진 선배 말에 동의해서 온 것이라기보다 진배 선배가 싫어서 모인 거였다. 또 모인 이들의 대부분이 진배 선배라면 무대를 내주지 않을 수준들이었다. 더구나 이제 와서 다른 데 갈 곳도 없고 받아줄 곳도 없는 처지들이었다.

 넌 춤보다 랩 아니야?

반가워할 줄 알았던 유진 선배는 오히려 이상하다는 얼굴로 물었다. 음……, 내가 춤이 안 된다는 얘기를 이런 식으로 하나?

 갈 길 많이 남은 청춘이 미리 정할 거 뭐 있어요? 난 둘 다 좋아요. 단, 내가 언니랑 함께하기 전에 조건이 있어요. 난 누가 누가 잘하나 따지는 대회에는 나가고 싶지 않아요.

유진 선배는 잠깐 생각했다.

 그건 너 혼자 정할 문제는 아니야.

여기엔 대회에 나가고 싶은 사람도 있을 테고, 팀을 맞춰 연습하다가 대회가 생겼을 때 네가 갑자기 빠지겠다면 곤란해질 테니까. 또 대회라는 목표가 있으면 더 열심히 할 동기가 되기도 하고. 어쨌든 만약 그런 일이 나중에 생기면 그때 가서 결정하자. 뭐든지 미리 장담하거나 약속하는 건 별로 도움이 안되니까.

그렇게 연습을 시작했다. 담당 선생님은 어차피 애들이 늘어나는 것도 아니고 원래부터 관심이 없어서인지 크게 뭐라 하지는 않았다.

 그래라……. 나이스에 동아리를 하나 더 개설해야 하는 게 좀 귀찮기는 하지만. 어쨌든 니네 새로 만든 동아리 이름이나 만들어 와.

문제는 끝나지 않았다. 제일 급한 건 연습실이었다. 비트 브레이커와 연습실을 나눠 쓰는 것도 불편했고 서로 피하다 보니 연습할 수 있는 시간도 부족했다.

그러던 중에 연습실이 생긴다는 것은 반가운 일이었다. 또 춤으로 봉사활동을 할 수 있다는 것도 매력적인 조건이었다. 봉사활동을 할 수 있는 곳 대부분은 정말로 싫어하는 곳이었으니까. 그런 상황에서 자신이 좋아하고 잘할 수 있는 일로 봉사를 할 수 있다면 마다할 이유가 없었다. 다만 좀 꺼림칙한 건 우리가 그런 실력이 되느냐와 다들 동의하겠느냐 였다.

용해가 생각보다 적극적으로 나왔다.

 그게 어딘데?

 학교에서 멀지 않아. 여기 지역아동센터.

 그거 니네 댄스 동아리가 춤 봉사하는 곳 아냐?

 춤 봉사? 헐……. 그건 그렇고 어떻게 알았나?

 다 아는 수가 있지. 근데 나 춤은 못 추는데?

 누가 너더러 춤추래? 음……, 넌 공부를 봐주면 되겠네. 아직 그쪽 선생님들께는 허락받지 못했지만 좋아하시면 좋아했지 반대하실 일 같지는 않으니까.

 나는?

물결이 물어왔다.

 나야 한 명이라도 더 가면 좋지. 물결이 너는 글쓰기나 책 읽기, 뭐 그런 거 해주면 좋을 것 같다.

 아싸, 오 예~

오영에게 생각지 못한 선물을 주고는 아빠에게서 이것저것 한 아름 받아 차에 실은 도토리 선생님이 센터로 떠났다. 평상에 돌아와 오릉을 쓰다듬던 오영이 물었다.

 내가 춤추는 걸 본 적 있어?

 아니.

 ÷.

 웃지 마라.

 그런데 왜? 내가 춤을 잘 춘다고 했어?

 한 가지를 보면 열 가지를 안다. 난 내 딸에 대해서 일곱 가지 정도는 아는 것 같으니까. 그 정도면 당연히 잘할거라 생각했지.

 네 가지를 알았으면 싸가지를 알 뻔했네.
근데 왜 일곱 가지야?

뭐 그냥, 열 가지는 다 아니고 반은 넘는 것 같고. 그리고 아무리 부모라도 내가 너를 어떻게 다 알겠어? 나도 나를 다 모르겠는데.

 연습실을 해결해준 건 고마워. 봉사활동은 더 그렇고. 다들 고마워할 거야.

 봉사활동을 하는 게 부담스러웠나 보지?

 잘 모르겠어. 일단은 나처럼 대학에 별 뜻 없는 애가 남들 하니까 따라하는 것 같아서 썩 내키지 않고, 내가 남을 도울 자격이 되나 싶기도 하고.

 불교의 『금강경』에는 '무주상보시(無住相布施)'라는 말이 있어. 어떠한 집착이나 욕심도 없이 남에게 베푸는 일을 말하는 거야. '난 너한테 이만큼을 줬어', '내가 이만큼을 베풀었으니 나 좀 알아줘' 하는 생각 없이 온전히 남을 돕는 일을 말하는 거야.

 어떻게 그럴 수 있어?

왠지 와닿지 않았다. 말끝이 조금 올라갔다. 아빠는 눈치채지 못했다. '어떻게 하면 그렇게 잘할 수 있어?'가 아니었다. '그게 말이 돼?'였다.

내가 남에게 준 것이 원래 내 것이 아니었다라고 생각하면 쉽지. 돈이든 시간이든 재능이든. 나에게 잠시 맡겨진 것을 되돌려준다는 생각을 하면 쉽지 않을까?

그래서 아빠는 도토리 선생님네 아동센터에 그렇게 막 퍼주는 거야?

'그래서 잘했다는 거야?'였다. 엄마 먹게 가져가라고 준 적은 그렇게 많지 않은 것 같은데?

그렇지. 그 농작물들도 어떻게 보면 모두 자연이 내게 준 것이니까 원래 내 것이 아니었던 거지. 하지만 정작 중요한 것은 내가 더 좋아서 하는 일이라는 거야. 도토리 선생은 내가 감자나 고구마 같은 걸 줄 때마다 엄청 고마워하지만 정말 고마운 건 나야. 사실 감자 한 상자, 고구마 한 상자 그게 뭐 별 거겠어. 그런데 그걸 아동센터에 갖다 주면 얼마나 행복한지 몰라.

'아빠의 행복은 그게 다야?'였다.

그리고 그 과정을 통해서 삶에 대해 굉장히 많은 걸 배우기도 해. 아빤 그전에는 노동이란 나와 가족의 생계를 위한 거라고 생각했거든. 그런데 아동센터에 채소를 기부하면서 노동은 개인이 아닌 우리 모두를 위한 거라는 사실을 깨달았어.

사람의 감정은 알 수 없는 곳에서 시작해 예상하지 못한 때에 터져 나온다. 아빠의 말이 틀렸다고 생각하진 않았다. 그래서 늘 그렇듯 무심하게 들었다. 그러다 아빠의 얘기 중에 무언가가 오영을 건드렸다. 다만 그것이 그동안 흐리게 지나가던 오영의 감정을 순간 명확하게 해주었다. 오영은 폭발했다.

> 농작물이 어떻게 자연이 준 거야? 아빠가 그렇게 쌔빠지게 일해서 얻은 결과가 자연이 그냥 준 거라고? 그럼 그동안 난 뭘 한 건데? 그리고 남들한테 그렇게 퍼주면 도대체 아빠는 뭐 먹고살아? 나보고 대학 가라며? 대학 입학금이 얼마인 줄은 알아? 그럼 그렇게 남들한테 베푸는 마음을 엄마한테는 왜 못 베풀었어? 노동이 개인이 아닌 우리 모두를 위한 거라고? 그럼 그 우리에 엄마는 안 들어가 있었던 거야? 나는? 가족이 있어야 남이 있는 거지. 안에서 새는 바가지 바깥에서도 새는 법이야. 아빠는 바깥에서는 새지 않는 척하면서 안에서는 엄청 흘렸다고. 그 새는 물에 엄마랑 나는 떠내려갈 뻔했다고.

오영, 왜 그래? 지금 그 얘기가 아니잖아.

> 아니긴 뭘 아니야? 너도 똑같아. 이 망할 놈의 개새끼.
> 너도 엄마를 좋아하지 않았잖아. 그래서 여기에 따라온 거잖아.

오릉은 꼬리를 말고 서둘러 자기 집으로 들어갔다.

아빠는 말없이 서 있었다. 낭황해서, 오영의 처음 보는 모습에 놀라 서 있는 아빠가 한참이나 떨어져 있는 것처럼 보였다. 안개가 끼는 것처럼 그렇게 아빠의 모습이 흐려졌다. 아이 씨, 왜 눈물이 나는 거야. 오영은 가방을 챙겨 서둘러 일어났다.

연습실은…… 애들하고 얘기해볼 게요. 이제 갈래요.

동아리에 처음 얘기했을 때 반대하는 사람은 없었다. 유진 선배도 꽤 좋아하는 눈치였다. 여러 면에서 밀리고 있는 비트 브레이커에게 자랑할 만한 일을 갖는다는 것은 좋은 일이었다. 나중에 후배들을 모을 때도 분명 유리하게 작용할 것이다. 연습실이 완공되고 개관식을 하던 날, 도토리 선생님에게서 한번 와보라는 연락이 왔지만 오영은 아빠를 만날 것 같아 가지 않았다. 아직은 아니야. 좀 더 시간이 필요해.

나중에 가본 연습실은 나름 훌륭했다. 초등학생들에게 춤을 가르치는 일이 시작됐고 아이들은 작은 동작 하나에 크게 웃고 많이 좋아했다. 유진 선배는 우상이 되고 있었다.

그 사이에 아빠에게는 연락이 오지 않았다. 오영도 연락을 하거나 찾아가지 않았다. 불편하고 답답했다. 하지만 견딜 만했다. 어차피 한번은 했어야 할 얘기야. 하고 싶었던 얘기야.

언제부터 하면 되는 건데?

그렇게 살면
행복해?

…….

야! 뭔 생각하고 있는 거야? 오영!

학교에 무슨 일이 있는지 단축 수업이었다. 그래 오늘이 좋겠다.

어? 어. 말 나온 김에 오늘 가보지 뭐.

그래? 그럼 우리 엄마 오라고 할게. 태워달라고 하면 되니까.

물결이는 갑자기 화장품을 꺼내려 했다.

어이, 마마보이. 발이 없어, 돈이 없어?
버스 세 정거장이면 될 거리를. 그냥 따라와.

센터에 도착해서 도토리 선생님을 찾아 용해와 물결이를 맡기고 오영은 혼자 연습실에 들어갔다. 아무도 없었다. 동아리 활동이 있는 날이 아니어서 다행이다. 귀에 이어폰을 꽂았다. '마릴린 디마지오'의 마릴린이 혼자 작업한 앨범을 골랐다. 어릴 적부터 외국에서 혼자 자랐다는 마릴린. 무대 안이나 밖에서 거침없이 자기 욕망을 말하고 약한 사람을 괴롭히는 인간에게는 병적일 정도로 세게 덤비는 마릴린. 3년 전 무슨무슨 기념 생방송 프로그램에서 초대 가수로 나와, 참석한 국회의원을 바로 앞에 두고 즉석에서 가사를 바꿔 온갖 조롱과 저주를 퍼붓고는 방송에서 사라진 가수. 아무 죄도 없이 억울하게 사고로 죽은 학생들을 비아냥댔던 그 국회의원은 벌건 얼굴로 자리를 박차고 나가버렸다. 마릴린은 그 가는 걸음걸음에 꽃 대신 욕을 한 사발씩 놓아주었다.

마릴린 솔로 앨범의 랩은 대부분 훅 없이 몇 개의 벌스가 반복되는 형태로 채워져 있었다. 단순했다. 돌려 말하지 않았다. 그렇다고 또박또박하지도 않았다. 어떻게 들으면 웅얼웅얼이었다. 그래서 어떤 일에 집중해야 하거나 어떤 일을 잊어야 할 때 도움이 되었다.

넌 그래도 돼. 넌 그래도 돼. 넌 그래도 돼. 그럴 수밖에 없었으니까. ♫

천천히 몸을 풀었다. 제일 먼저 다리가 풀리기 시작하면서 천천히 음악을 따라가기 시작했다. 그동안 연습해온 스텝을 기억하면서 자연스럽게 상체들이 따라가기 시작했다. 허리가 중심을 잡았다. 다리는 성실하고 꾸준하게 자기 갈 길을 가고 있었다.

도망가지 마. 피하지 마. 숨지 마. 쫓기면서 살 수는 없으니까. ♪

팔이 풀려났다. 풀려난 팔이 정해진 스텝의 바깥을 가리키기 시작했다.

깨우지 마. 건들지 마. 입 좀 닥쳐. 유일하게 쉬는 곳이 꿈속이니까. ♫♪

천천히 밤이 났다. 비트가 점점 빨라졌다. 정해진 스텝이 답답했다. 몸은 점점 정해진 길을 벗어나고 있었다. 처음엔 주어진 길을 가다가 어느 단계에 이르면 스스로 갈 길을 가는 건가? 아이가 자라서 자기 길을 가듯이? 기분 좋게 숨이 차왔다. 호흡도 제멋대로 날리고 있었다. 이 랩을 같이 듣던 아빠가 생각났다. 염불 같은데. 둘은 같이 웃었다. 언제였더라? 비가 오던 날이었나? 때리듯 거칠지 않게. 조용히 땅에 안기듯, 만지듯 비가 내리던 날이었던 것 같다. 그 비를 피해 소리가 하나 들려왔다. 여기. 여기. 아빠에게 글자가 올 때 나는 소리다. 음악을 껐다.

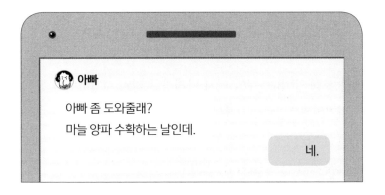

시계를 보니 정리하고 농장에 도착하면 해 지는 시간에 가깝다. 일손이 필요한 게 아니겠지. 칭찬도 제대로 못하고 사과는 더 못하는 아빠. 어렵게 얘기를 꺼냈다는 걸 안다. 싸움은 누구나 할 수 있다. 언제나 일어날 수 있다. 하지만 싸움은 마무리가 중요하다. 한쪽 상대가 손을 내밀면 받아야 한다. 그걸 받지 않으면 아주 오래 마음이 진흙탕이 된다. 물론 그전에 나를 설득해야 한다. 나는 화해할 마음이 있는가? 있다. 아빠는 하면 안 되는 일을 했다기보다는 해야 할 일을 하지 않았을 뿐이다. 그

것이 오영과 엄마를 아프게 했지만 그걸 모를 아빠도 아니었다. 그래, 아빠도 아팠겠다.

땀을 닦는데 바깥에 용해가 보인다.

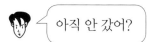
아직 안 갔어?

쫌 하네.

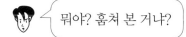
뭐야? 훔쳐 본 거냐?

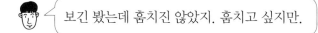
보긴 봤는데 훔치진 않았지. 훔치고 싶지만.

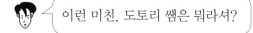
이런 미친. 도토리 쌤은 뭐라셔?

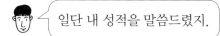
일단 내 성적을 말씀드렸지.

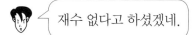
재수 없다고 하셨겠네.

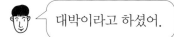
대박이라고 하셨어.

물결이는?

학원 시간 늦었다고 먼저 갔어. 나는 학원 시간 늦었어도 안 갔고.

나 갈 곳이 있어. 먼저 가.

 목욕탕만 아니면 같이 가자.

 꺼져.

유월 중순을 넘긴 농장은 훌쩍 자란 작물들에 가려 앞이 보이지 않았다. 한 달 전만 하더라도 세상 바람을 이겨낼까 싶었던 모종들. 지금은 고추와 가지가 허리 높이까지 자라서 열매를 달았고, 토마토는 머리 위까지 자랐다. 오이와 참외와 애호박도 이 미터가 넘는 망을 빼곡히 뒤덮었다. 봄 내내 흙먼지를 견디고 밥상에 오르던 상추는 끝물을 맞아 허벅지 높이까지 대를 올리고 그 끝에 씨앗을 매달았다.

오영은 하지(夏至) 전후의 농장 풍경이 가장 좋았다. 열매도 열매지만 이맘때면 농장은 어디에 눈길을 주던 사방이 꽃이었다. 열매채소들마다 각기 다른 색깔과 모양의 꽃들이 수십 개씩 매일매일 피고 지면서 그 자리에 열매가 달린다. 열매는 꽃 다음에 온다.

 너는 꽃이고 아빠는 열매야.

 계속 꽃이면 안 될까?

꽃은 열매를 예고하는 거야. 열매 없는 꽃은
자기 혼자만 아는 거지. 그래서 그런 꽃은 좀 쓸쓸해.

 난 그래도 계속 꽃이었으면 좋겠어. 열매가 없으면 어때?
없으면 없는 대로 그냥 꽃인 걸.

 꽃은 청춘이고 열매는 어른들이 살아온 결과 같은 거야.
식물처럼, 사람도 자연의 이치를 따르는 것이 제일 좋아.

오영은 모든 꽃이 다 예쁘다고 생각하면서도 쑥갓 꽃이 가장 좋았다.
쑥갓도 국화과 식물이거든. 그래서 꽃이 예쁜 거야. 아빠는 이맘때면 오
영이 오기를 기다리며 쑥갓 꽃으로 꽃다발을 만들어주곤 했었다. '꼭 가
져가' 이 말은 곧 '너만을 위해서 만든 건 아니야'였다. 나도 알아. 아빠도
오릉도 비닐하우스 안에 있는지 보이지 않았다. 불러서 찾고 싶지 않았
다. 오영은 농장 한쪽에 앉아 쑥갓 꽃다발을 만들었다.

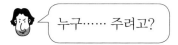 누구…… 주려고?

제법 큰 꽃다발 하나를 완성할 쯤 등 뒤에서 아빠 목소리가 들렸다.

 네.

 아…….

아빠는 잠깐 말이 없더니 몇 가지 들꽃을 더 꺾어와 오영 옆에 놓았다.

 농장에 '미안해'라는 꽃말을 가진 꽃이 있었으면 좋았을 텐데.

 '하는 거 봐서'라는 뜻을 가진 열매는 없어요?

뭐 이 정도면 아빠로서는 최선이다. 봐준다.

 마무리는 내가 할게.

금손. 마이더스의 손. 아빠는 무술을 하고 농사를 짓는 사람답지 않게 손가락이 길고 예뻤다. 그 손만큼이나 무엇을 만들던지 아금박스럽고 값지게 보이게 했다. 그림을 그리던 도도한 여대생은 무엇이든 자기보다 더 미술적으로 만드는 가난한 청년의 이 손에 마음을 빼앗겼을 것이다. 노력만으로는 만들어지지 않는 이 손을 갖고 싶었을 것이다. 이 손을 꽃다발처럼 묶어두고 싶었을 것이다. 꽃다발을 묶는 끈이 아빠에게는 수갑처럼 느껴졌을까? 그래, 엄마도 잘한 건 없어. 오영이 만들던 꽃다발이 아빠가 가져온 꽃과 섞이자 완전히 달라졌다. 화려하지 않았지만 풍성했다. 당당했다.

 어른들은 다 갔어요?

농사가 썩 잘된 건 아니어서 일이 금방 끝났어.

돌아보니 정확히 열 무더기로 나누어진 마늘과 양파들이 널려져 있다.

 올해도 작년처럼 나눌 거예요?

작년이었다. 결과가 좋았다.

아빠와 농사를 같이 하는 공동체 회원들과 떠들썩하게 수확을 했다. 남자 어른들은 좀 더 힘을 써야 하는 마늘밭을 맡고 여자 어른들은 그냥 쏙쏙 잡아당기기만 하면 뿌리째 뽑히는 양파를 맡았다. 양파는 수확 시기가 되면 신호를 보내듯 꼿꼿하던 대가 풀썩 쓰러진다. 드문드문 자리 잡은 숫양파만 우뚝 서서 대 끝에 씨앗을 품고 있다.

 이야, 올해 양파 농사는 아주 풍년이네.

 양파 떨어뜨리지 마세요. 발등에 찍히면 최소한 전치 4줍니다.

 집에 갈 때 트럭 불러야 하는 거 아니야?

기분 좋은 웃음들이 쌓아놓은 양파만큼 풍성했었다. 정직하게 일한 사람들만이 정직한 결과 앞에서 웃을 수 있는 웃음이었다. 오십 평 밭에서 양파를 수확하는데 한 시간 남짓 걸렸다. 양파 일이 끝나면 마늘밭으로 넘어간다. 마늘은 양파와 달리 땅 속 깊이 박혀서 수확이 힘들다. 삽으로 흙을 한번 떠놓아야 잘 뽑혔다.

모두들 거두어들인 마늘과 양파를 십 등분으로 정확히 나눠서 밭에 널었다. 마늘과 양파는 잘 말리지 않으면 곰팡이가 펴서 금방 썩어버린다. 마음에 습기가 많은 사람들이 금방 마음 상하듯이. 밭에 널어놓고 오후 내내 햇볕에 말린 다음에도 공기가 잘 통하는 베란다에 펼쳐놓고 일주일 이상 말려야 오랫동안 저장할 수 있다.

그렇게 나누어진 것들을 오영은 한참이나 쳐다봤다.

남들이 일곱 번이나 농장에 나와 구슬땀을 흘리는 동안 군복 삼촌은 지난달과 오늘 딱 두 번밖에 참석하지 않았다. 그리고 환경운동을 하는 혜나 이모는 내내 나타나지 않다가 오늘만 나왔다. 그런데도 마늘과 양파를 똑같이 나눈 것이다. 불공평하다는 생각이 들었다. 열심히 일한 사람과 그렇지 않은 사람이 동등한 대접을 받는다는 건 말이 안 된다. 그럼 누가 열심히 일을 하려고 할까.

 마늘과 양파를 왜 똑같이 나눈 거야?

 그게 무슨 소리야?

 군복 삼촌은 두 번밖에 안 나왔고 혜나 이모는 한 번밖에 안 나왔잖아. 그런데도 수확물을 똑같이 나누면 나머지 사람들이 억울한 거 아냐?

억울하면 공동체 안 하면 되지?

 농담이 아니야. 일한 양이 서로 다른데 결과물을 똑같이 나누는 건 누가 봐도 비합리적이잖아. 상식적으로도 말이 안 되고. 학교에서도 그래. 모둠 과제를 받으면 꼭 하는 애만 죽어라 한다고. 다른 인간들은 그 덕에 공짜로 점수를 받고.

 군복 삼촌은 현석이를 말하는 거지? 그 친구는 노동조합 일로 주말마다 시위를 나갔으니 참석하고 싶어도 참석할 수가 없었고, 혜나 이모는 아이가 아파서 못 나온 거야.

 그래도 그렇지. 그렇게 사정 봐주면서 결과물을 똑같이 나누면 어떻게 해. 한 달에 삼십 일 일한 사람과 일주일 일한 사람의 월급이 똑같다는 말하고 같잖아.

 말이 되는 일이야. 일하기 싫어서 안 한 게 아니잖아.
학교 애들도 다 그럴 만한 사정이 있었을 거야.

 그건 자기 사정이고.
그럼 한 달에 삼십 일 일한 사람은 뭐가 돼?

 넌 공동체가 뭐라고 생각해?

공동체가 무엇인지가 중요한 게 아니고
어떻게 운영되어야 하는지가 중요한 거잖아.

오영은 다시 한번 나눠져 있는 작물들을 가리켰다.

난 사람들이 모여서 누구나 어려움 없이 살아갈 수 있도록 서로를 보살피는 게 공동체라고 생각해. 사람은 누구나 행복하게 살 권리가 있어. 그러려면 차별이 없어야 해. 사람은 서로 다 달라. 건강한 사람이 있으면 아픈 사람이 있고, 일 잘하는 사람이 있으면 일 못하는 사람도 있고, 부지런한 사람이 있으면 게으른 사람도 있는 거야. 학교도 그렇지. 환경이 좋아서 어릴 적부터 좋은 교육을 받은 학생과 그렇지 못한 아이들이 같이 있는 곳이 학교잖아. 그 가운데 유전적으로 뛰어난 능력을 받은 애가 있고 그렇지 못한 애가 있고. 그런데 머리가 좋거나 나쁘거나 아프거나 일을 못하거나 게으른 건, 나쁜 게 아니고 그냥 상대적인 거잖아. 한 사람이 이 겨울에 얼어 죽어도 그것은 우리의 탓이어야 한다는 말이 황석영 선생님 소설에 나와. 난 바로 그것이 공동체 정신이라고 생각해. 서로의 사정을 보살피는. 사정이 생겨서 참석을 못했다고 결과에 있어 차별을 한다면 그건 공동체라고 할 수 없어.

아니야. 분명 억울하게 생각하는 사람이 있을 거야.

자기만 생각하면 억울할 수도 있겠지. 하지만 노동은 자기만을 위한 게 아니야. 모두를 위한 것이지. 그래서 노동이 거룩하다고 하는 거야. 만약에 걷지 못하는 사람이 농사 공동체에 들어오고 싶어 한다면 어떻게 해야 할까. 아무 조건 없이 받아 줘야지. 그리고 그 사람에게도 그 사람이 할 수 있는 일을 주고, 결과는 똑같이 나누고. 인류는 아주 먼 과거부터 서로 도우면서 발전해왔어. 우리 조상들도 마을에 굶어 죽게 생긴 사람이 있으면 그 집 문 앞에 몰래 먹을 걸 가져다줬어. 자기 마을에서 굶어 죽는 사람이 생기는 걸 치욕으로 생각했거든. 그것과 비슷한 게 요즘 한참 뉴스에 나오는 기본 소득제야. 기본 소득제는 누구나 최소한의 생활을 유지할 수 있도록 국가나 사회가 모든 시민에게 아무런 조건 없이 월급을 주는 제도야. 많은 나라에서 벌써 다양하게 진행되고 있는데 빈곤을 퇴치하는 데 큰 효과가 있다고 알려져 있어. 어때, 아직도 마늘과 양파를 똑같이 나누는 게 이상하게 느껴져?

 잘 모르겠어. 그냥 이건 아닌 것 같아.

 그건 네가 너무 많은 차별이 너무 당연하게 일어나고 있는 사회에서 살고 있기 때문에 그런 걸 거야. 차별은 당연한 게 아니고 정말로 부끄러운 거야. 난 네가 어른이 되었을 때 모두가 평등하고 행복하게 살 수 있는 사회가 되었으면 좋겠어.

이게 아빠였다. 공동체를 만들고 누구든 함께 하자는 사람 좋은 마음. 그러나 엄마와 오영은 이해할 수 없는 마음. 그때 해결되지 않았던 문제가 이번에 터진 것일지도 모른다는 생각을 했다.

 그렇지 뭐. 우린 공동체니까. 좀 말린 다음에 가져들 갈 거야. 아니면 택배로 보내야 하는 사람도 있고.

아니 뭘 택배로 보내주기까지 해. 그리고 택배비는 누가 내는데? 하려다 참았다. 양파는 말릴 수 있지만 아빠는 못 말리니까.

 수확이 끝나서 할 일도 없고……. 나…… 갈게…….

 응?

 요.

해가 지고 있었다.

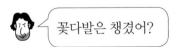 꽃다발은 챙겼어?

따라 나오려는 아빠를 말렸다. 혼자 좀 걷고 싶었다. 대신 오룽이 천천히 따라왔다. 훌쩍 자란 옥수수에 가려 아빠가 안 보일 쯤에 오영은 뒤돌아섰다. 오룽도 따라오다가 멈춰 섰다.

 이리 와.

오릉을 안았다.

 미안해.

나한테는 존댓말 안 하네? 난 사람 나이로 계산하면…….

미안해. 그리고 개를 왜 사람 나이로 계산하겠니?

아빠한테나 좀 그러지.

너한테 한 말 아니야. 아빠한테 전해줘.

쳇. 좀 나아진 모양이군.

아니, 첫 번째 미안해는 니 거였어.

됐고. 이건 알아둬. 내가 엄마가 싫어서 아빠를 따라온 건 아니야. 개는 원래 늑대였을 때부터 무리가 깨지면 더 세 보이는 대장 수컷을 따라가게 돼 있거든. 본능인 거지. 아빠 말처럼 사람들만 서로 돕고 살아온 건 아니야. 동물들도 서로 돕고 살아왔어. 새끼들을 같이 키우고 먹이를 나누고, 그러려면 적으로부터 공동체를 지키는 용감한 수컷이 필요했던 거고. 그런데 따라와 보니까 아빠가 대장이 아니더라고. 끝없이 네 눈치를 보고, 네가 오기로 한 날은 농장하고 비닐하우스를 치우느라 정신이 없고. 근데 내 집은 왜 치우는 거야? 하여튼 옷도 깔끔한 걸로 갈아입고. 아빠한테 꼬리가 있었으면 네가 금방 알아차렸을 텐데…….

아빠가 그런단 말이야?

오늘 수확 끝내고 사람들이 술 먹으러 가자는 것도 뿌리치고 너 기다리고 있었어. 저번에 니가 한 말 나 한 이백 번은 들었다. 아빠가 취해서 나한테 그거 맞냐고 계속……. 그러니까 아빠한테 좀 잘해. 성질만 부리지 말고. 난 지금은 아빠가 제일 약자인 것 같아.

알았어.

어른들은 어른들의 삶이 있어. 엄마 아빠의 삶에 네가 무조건 최우선 기준이 되어야 한다고 생각하지 마. 넌 그냥 너대로 잘살고 두 사람은 두 사람대로 잘살면 그만인 거야. 그리고 저번에 니가 한 말…….

알았다니까. 뭘 또 해? 했잖아?

아니 나한테 했던 말. 궁금해서 그러는데

나한테 개새끼라고 한 게 난 왜 기분 나쁘지?

때론 무대에 서 있는 사람보다 꽃을 들고 있는 사람이 더 주목받는다. 버스에서도, 걷는 동안에도 사람들은 계속 꽃을 쳐다봤다. 꽃을 들고 있는 오영을 바라봤다. 불순하거나 끈적거리지 않게. 맑고 잔잔한 눈으로. 앞으로 공연이 있으면 난 꽃이나 들고 서 있어야겠다. 집에 돌아와 보니 마땅한 꽃병을 찾을 수 없었다. 일단 욕실에 들어가 세숫대야에 물을 받아 담가두고 나왔다.

 저거 먹는 거야?

 밥 줄게. 잠깐만 기다려. 먼저 좀 안아보자.

오냥을 안는데 갑자기 발톱을 드러낸다.

 뭐야, 이 냄새는? 오릉이 만나고 왔어?

 오릉이가 뭐야? 오빠한테.

 오빠는 개뿔! 왜 개한테만 뿔이 있다는 욕이 있는 줄 알아? 봐봐, 고양이뿔이라는 욕은 없잖아? 가끔 개들은 악마, 도깨비, 귀신같을 때가 있거든. 우리 고양이들을 보면 그냥 못 잡아먹어서 난리면서……. 그러면서도 어휴, 저번에 아빠 따라갈 때는 우리 여자들만 남기고 가면서 어찌나 신나게 꼬리를 흔들며 가던지.

거기서 여자가 왜 나와? 그리고 그건 자기들이 늑대일 때부터 본능이라던데?

본능은 개뿔! 그리고 거기에 너무 자주 가는 거 아니야? 엄마가 알면 서운할 텐데?

이렇게 예쁜 얼굴을 하고 그렇게 험한 말은 안 어울려요. 서운하기는 뭐……, 엄마도 이해할 거야.

오영은 핸드폰을 열어 버스 안에서 받았던 아빠의 글자를 다시 꺼내 봤다.

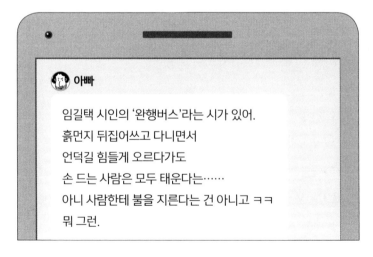

아빠는 네가 완행버스 같은 사람이어서 좋아.
내 딸은 여러 사람을 천천히 기다려주고
이어주니까.
사람들은 속도가 중요하다고 얘기하지만
더 중요한 건 방향이고 목적일 거야.
느린 버스처럼 살아도 주변 사람 돌아보고
나한테 손 흔들면 잠깐 멈춰주는
그런 사람이 됐으면 좋겠어…….
늘 미안해. 오랫동안 갚아야 할 미안함이야.
고마워.

 아빠야?

 응.

 화해했어?

아니. 내가 그냥 넓은 마음으로 용서했어.
근데 너 어떻게 알았어?

 큰일 하셨구만. 어떻게 알긴….
난 하루 종일 혼자서 네 생각만 한다고.

그래……, 알았어. 고마워. 왜 고양이뿔이라는 말이 없는지 알겠어. 오늘은 같이 자자.

 아니. 그보다 캔을 내놔.

아침에 일어나니 못 보던 꽃병에 꽃이 꽂혀 있었다. 식탁 위에 있는 꽃이 햇빛보다 환하다. 냉장고에 붙어 있던 올빼미도 꽃을 내민다. 그림의 꽃은 화병에 꽂혀 있지 않았고 누군가의 손에 들려 있다. 들고 있는 사람은 보이지 않는다. 손만 보인다. 그 손가락에 있는 낯익은 엄마의 반지. '너 가져', 아니 '너나 가져'의 뜻일까? 아니면 '이것 봐. 예쁘지?'의 뜻일까? 손에 볼펜이 쥐어지는 대로 그렸나 보다. 검은색, 파란색, 빨간색만 보인다. 그런데도 꽃은 화려하다. 그림을 떼어다가 식탁 위에 놓고 핸드폰으로 사진을 찍었다. 여기 저기 대문 사진으로 쓰면 좋겠네.

방을 열고 들어가서 자고 있는 엄마를 보았다. 어제 내가 이렇게 자는 걸 엄마도 보았을 것이다. 엄마는 무슨 생각을 했을까. 무슨 생각을 하며 꽃을 그렸을까?

 잘 잤니? 침대에서 편하게 자지, 왜 소파에서 춥게 자?

엄마 목걸이의 십자가 위에 앉아 있던 예수님이 인사를 한다.

어제는, 아니 오늘은 들어온 지 몇 시간 되지 않았나 보다. 조금 벌어진 엄마 입에서 끄응 하는 소리가 간간이 섞여 나온다. 눈가와 목의 주름이 유난히 깊어 보인다.

 예수님 앉아 계신 발밑에 엄마 주름 보이시죠?
저것 좀 없애주시지 그랬어요? 더 예뻐지게.

 내가 아무리 엄마 주름을 없애줘도 너만큼은 안 예쁠 걸.

 진짜요?

 왜냐면 넌 젊으니까. 젊은이는 누구나 예쁜 거야.
미래가 있으니까. 그걸 기다리니까.

 엄마도 젊게 해주세요. 기다리는 게 있게 해주세요.

 엄마는 네가 잘 자라는 걸 기다리고 있어.

 아니요, 그거 말고요. 뭔지는 잘 모르겠지만 저 말고
그냥 엄마를 행복하게 해주는 게 있었으면 좋겠어요.

엄마 손을 가만히 잡았다가 놓았다. 그리고 가지고 들어온 엄마의 그림에 리본을 넣어 꽃을 묶었다. 바람에 날리는 리본 끝에 오영은 일 년에 딱 한 번씩만 하는 말을 썼다.

사랑해

5장

방학은 일단,
너무 짧아

주변에서 무언가 계속되다가 멈추면, 혹은 무엇인가가 새로 시작되면 그게 무엇이든 공기를 변하게 한다. 바뀐 공기는 누구나 느낄 수 있다. 엔진 소리가 멈추고 따라서 라디오가 조용해지자 오냥이 먼저 깨어났다. 오냥이 꼼지락거리자 오영도 잠에서 깼다.

 잠깐 쉬었다 가자.

충청도 언저리쯤에서부터 잠이 든 것 같은데 낯익은 강이 옆에 붙어 있었다. 낮고 느린 강. 따뜻해 보이는 강. 섬진강일 것이다. 고속도로가 아닌 걸로 봐서 할머니 댁에 많이 가까워졌겠다 싶었다. 주유소의 자동 세차 기계에 들어간 것처럼 퍼붓던 비는 많이 약해져 있었고 국도변의 작은 휴게소는 구름인지 안개인지에 깔려 있었다.

오냥이 화장실도 좀 보내고.

엄마가 룸미러로 늘어지게 하품을 하며 기지개를 켜는 오영과 오냥을
쳐다보았다.

 거의 다 온 거 아냐? 그냥 쭉 가지 뭘 여기서 서?

 한 삼십 분은 더 가야 해. 그리고 나 화장도 좀 고치고.
이 얼굴로 가면 할머니 걱정하셔.

문을 열자 오냥이 쏜살같이 어디론가 사라졌다.
입이 텁텁하기도 하고 궁금하기도 해서 들린 휴게소 안은 사람이 없었
다. 몇 번을 부르니 허리가 굽은 노인이 나왔다.

 한 씨네 둘째 아녀? 아이고 서울 사람 다 되부렸구만!

엄마를 단박에 알아보는 노인에게 엄마도 반갑게 인사했다.

 이제 여기서 장사하시는 거예요?

외할아버지가 돌아가신 후부터 혼자 계실 할머니를 위해서 방학이면
외가로 여름휴가를 왔다. 아니 할머니를 위해서라기보다 엄마를 위해서
라는 게 더 정확할 것이다. 그즈음 엄마는 아버지와 남편, 두 남자를 떠

나보낸 직후였다. 큰 정 없이 살았던 것 같았는데, 엄마는 쉽지 않아 했다. 참 먼 거리였지만 오영도 싫지 않았다. 큰 산과 겸손한 강은 늘 기다려졌다.

 장사랄 게 있나 워디. 여그 사장 없을 때 카운터나 봐주는 게지. 내는 저그 한 귀퉁이서 옥수수랑 커피나 팔면서 소일하는 거고. 근디 이 애기는 딸인갑네? 아따 많이 컸다.

억지로 쥐어주는 옥수수를 마다하지 못하고 차에 탔다.

 댐이 세워지면서 밀려나고 골프장을 짓는다고 다시 쫓겨나시더니…….

 그럼 나라에서 돈을 주잖아?

 받으셨겠지. 그런데 그 돈은 배웠다는 자식들이 꿀 바른 말로 다 가져가고 이젠 집도 없이 휴게소 한쪽에서 먹고 자고 하신단다.

한때는 마을에서 몇 안 되는 기와집을 짓고 살던 분이었다고도 했다. 엄마는 남일 같지 않다고 했다.

시동을 걸자 비가 다시 쏟아지기 시작했다. 오냥이 뛰어왔다.

해가 어둑해지기 시작했다. 산이 가로막다가, 강이 길을 열어주다가,

산을 넘다가, 다리를 긴너다가 보니 할미니가 사시는 마을이 나다났다.

 이 비에 왜 나와 계시는 거야? 내가 미쳐.

우산을 받쳐 든 외할머니가 마을 어귀 느티나무 앞에서 손을 흔드시는 게 보였다. 엄마가 할머니 앞에 차를 세웠다.

 할머니!

 내 새끼 왔냐?

그 새끼가 엄마일까? 나일까? 뒷좌석에 오른 할머니는 오영의 등을 토닥였다. 할머니 냄새. 오영은 할머니 냄새가 좋았다.

 괭이도 왔구마.

얼른 앞자리로 옮긴 오냥이 야옹했다. 마당에 차를 세웠다. 엄마는 부리나케 우산을 펼치고 할머니 쪽 뒷좌석 문을 열었다. 오영은 후다닥 대청마루를 향해 뛰었다.

 우리 애기, 하나또 안 변했구마이.

할머니 얘기에 오영은 씩 웃었다. 엄마와 함께 걸어오는 할머니의 등은 지난해에 비해 눈에 띄게 굽어보였다. 대청마루에는 할머니가 미리 차려둔 밥상이 있었다. 휴게소에서 대충 먹은 터라 배가 고팠다. 맛있었다. 비가 더욱 세차졌다. 할머니 집에 오면 비에서도 좋은 냄새가 난다.

 오메, 날씨가 미쳤는갑다. 장마도 끝났는데 뭔 놈의 비가⋯⋯ 아주 징글징글허다.

밥상 주변을 빙빙 도는 파리를 부채로 쫓으며 할머니가 말했다.

 그러게요. 농사짓는 분들은 힘들겠어요.

엄마가 농사 얘기에 맞장구를 치자 할머니가 반색을 했다.

 아유, 두말하면 힘 빠지는 것이여 그것이. 봄에는 갑자기 추워져서 매실나무들이 죽어 나자빠지질 않나, 가뭄 때문에 감자는 맨 조림감자만 나와서 숫제 수확을 포기한 집들도 있어야. 고추 농사도 하우스 농사를 짓는 이장네 빼고는 탄저병이 와서 싹 다 죽어버렸으니께. 날씨 때문에 농사 못 지어먹겠다는 사람이 한둘이 아녀. 내 살다 살다 이런 날씨는 첨이다.

땅을 바라보고 사는 사람들은 가장 하늘에 예민한 사람들이다. 그럴 수밖에 없다. 아빠도 그랬다.

장마철이 되면 빗물이 땅속으로 스머들면서 흙이 물러지고 단단히 박았던 지지대가 흔들리게 된다. 그러면 지지대가 어른 키 높이까지 자란 토마토와 넝쿨작물의 무게를 이기지 못하고 무너지게 된다. 기초가 흔들리면 아무리 크고 화려한 것들도 넘어지게 된다.

오영은 어려서부터 다른 사람들 밭의 지지대가 장마철에 무너지는 모습을 봐왔다. 그런 일은 주로 농사를 처음 짓는 사람들 밭에서 일어난다. 아빠처럼 경험이 많은 사람은 큰비가 내리고 나면 새벽같이 일어나서 지지대가 무너지지 않도록 다시 한 번 깊이 꽂아준다. 그리고 고랑에 물이 고인 곳이 없는지 살핀다. 물이 고인 곳이 있으면 물이 잘 빠질 수 있도록 삽으로 물꼬를 터준다.

장마철에도 농부들은 쉴 수가 없다. 오영은 아빠가 우비를 입고 빗속에서 일하는 모습을 수도 없이 봐왔다. 비닐을 씌우지 않고 오백 평 농사를 짓는 아빠는 웬만한 비는 피하지 않고 우비를 입고 낫질을 한다. 장마철은 그야말로 풀들의 세상이다. 장마철이 되면 풀들은 자라는 소리가 들릴 정도로 무서운 속도로 큰다. 장마철에 열흘만 밭에 나가지 않으면 풀들이 사람만큼 자라서 작물들이 보이지 않는다. 그래서 처음 농사를 짓는 사람들 중에는 장마철이 되면 농사를 포기하는 사람들이 있다. 제풀에 지친다. 그러나 아빠 농장에서는 그럴 일이 없다. 아빠가 사람들에게 방법을 알려주기 때문이다. 사람들은 열매채소 모종을 심으면 아빠가 시키는 대로 낙엽을 한 뼘 두께로 덮어준다. 그러면 가뭄도 덜 타고 풀도 잘 자라지 못한다. 그래도 뚫고 올라오는 풀들은 낫질을 해준다. 낫질만 익히면 장마철에 열 평 밭의 풀을 베어내는 것쯤은 일도 아니다. 지금도 아빠는 이 비에 낫을 들고 있을 것이다.

배가 어느 정도 불러오자 빗소리가 더 크게 들려왔다. 오영도 하늘과 날씨에 민감했다. 학교에서 해가 짧아지고 길어지는 것을 제일 먼저 아는 것도 오영이었고 절기를 제일 잘 아는 것도 오영이었다.

 우리나라의 기후가 점점 아열대 기후로 바뀌고 있습니다. 기후의 변화는 생태계의 변화를 가져오고 생태계의 변화는 우리 사람들에게 어떤 식으로든 영향을 끼치게 될 겁니다. 주로 부정적으로 말이죠.

당장의 성적보다 우리가 몸 담고 있는 지구를 먼저 더 걱정해야 한다던 담임의 말이 생각났다. 이 말을 몸으로 알아듣는 건 오영이 유일했다. 아빠가 처음 농장을 얻었을 때와 비교해보면 봄은 짧아지고 여름은 길어졌다. 가뭄도 길어졌고 여름은 더욱 뜨거워졌다. 담임 쌤은 잘 지내고 계신가? 교실에 들어올 때는 웃는 모습이었다가 나갈 때는 굳은 표정을 짓던 그 모습이 떠오른다. 방학식 날, 나누어주던 성적표 밑에는 오영에 대한 과도한 기대와 과분한 칭찬의 글이 가득 적혀 있었다. '맑은 아이입니다'로 시작하는 그 글이 오영은 조금 부끄러웠다.

방학 때 제일 먼저 할 일은? 잘 노는 것. 놀다 지치면 여행을 하는 것. 여행이 지겨워지면 책을 읽는 것이라던 말도 생각났다.

밥을 먹고 벽에 기대서 핸드폰을 켤까 하다가 가져온 책을 폈다. 졸렸다. 점점 몸이 수평을 향해 가더니 방바닥과 한 몸이 되었다. 들리는 빗소리가 편했다. 비에 젖었던 몸을 구석구석 핥아대던 오냥도 대청마루에서 졸고 있었다.

 이리 와.

　오냥이 천천히 다가왔다. 오영은 길게 하품을 했다. 언제까지고 잘 수 있는 방학이 주는 안도. 시계가 그리 필요 없는 시골의 생활. 오영은 깊게 잠들었다.

　그렇게 일찍 자서 일찍 일어났다. 엄마와 할머니는 보이지 않았다. 밭에 나갔겠지. 비가 그쳐 있었다. 대충 고양이 세수를 하고 뒷산 밑에 있는 밭으로 갔다. 마을을 가로지르면서 보니 폐가가 더 늘어난 것 같았다. 엄마와 할머니는 콩밭의 김을 매고 있었다. 오영도 낫을 들고 밭으로 들어갔다.

 더 자지 않고 뭣 하러 나왔냐? 야야, 우리 손주 나왔으니께 그만 허고 아침 먹으러 가자.

　할머니는 오영의 등을 떠밀었다.

 할머니, 농사 안 짓는 밭들이 왜 이렇게 많아졌어?

　주변에 잡초만 가득한 밭들이 꽤 된다.

 농사지을 사람이 없어서 그라제. 올해에만 벌써 동네에서 세 분이 돌아가셨다.

그리고 다들 나이가 너무 많아서 농사를 자꾸만 줄여. 나도 이제는 힘에 부쳐서 전처럼 농사 못 해먹겠다. 그나저나 저 사람도 안 사는 집들을 빨리 허물든가 해야지 참 보기 숭해서원……

 나 어릴 때만 하더라도 집들이 참 많았는데…….

엄마의 쓸쓸한 얼굴.

 그러게 말이시. 너 국민학교 다닐 때만 하더라도 애기들이 좀 많았냐? 그런데 학교 없어진 게 벌써 이십 년도 넘었다. 이러다가 몇 년 안에 마을까정 없어지겠어.

 그러니까 엄마도 이제 여기 정리하고 우리 집으로 가요.

 아이고 그 깝깝한 곳으로?

 아니 깝깝하기는 뭐가 깝깝하다고 그라시오, 참말로.

엄마의 순간적 사투리. 오영 피식.

 우리 동네에도 널린 게 텃밭이고 얘 아빠가 하는…….

엄마의 순긴직 실수. 산스를 놓치지 않는 엄마의 엄마.

 아따 그라믄 오 서방네 가서 살아볼 거나.

 미쳤어요? 왜 그래요, 진짜.

엄마가 앞장서서 휑하니 가버렸다.

아빠는 농사짓는 노인들이 다 돌아가시고 나면 끔찍한 일이 벌어질 거라고 했었다.

 길어야 십 년 안쪽일 거야.

 방법이 없는 거야?

 농사를 지어도 걱정 없이 살 수만 있다면 젊은 사람들이 모여들 테고 그럼 자연스레 농촌이 살아나겠지. 그럼 동시에 청년들 실업 문제도 어느 정도 해결할 수 있을 테고. 그래서 나는 농부를 공무원처럼 대접했으면 좋겠어. 사실 농부들은 공무원들이 하는 일보다 훨씬 중요한 일을 하고 있는 거야.

아빠는 늘 진지했지만 농사 얘기만 나오면 한결 더 진지해졌다.

아침을 먹고 날이 뜨거워지기 시작할 쯤 집을 나섰다. 계곡에 다녀왔다. 물이 불어 제법 빨랐지만 그동안 워낙 가물었었던지 깊지는 않았다. 맑은 물속으로 보이는 물고기를 노리던 오냥이 몇 번이나 물을 때렸지만 물고기는 잡혀주지 않았다.

 그래。 알고 보면 사료가 제일 맛있어。

돌아오는 길에 읍내에 들려 고기를 먹자는 엄마 얘기에 할머니는 짜장면이면 된다고 고집을 부렸다. 엄마는 한번 더 진지하게 '아따 참말로' 했고, 할머니는 '오메 돈 아까운 거, 이거시 우찌게 번 돈인데……' 하시면서 냉면까지 맛있게 드셨다.

저녁이 돼서 마당에 모깃불을 피워 놓고 엄마랑 평상에 앉았다. 찐감자를 까서 엄마 입에만 넣어주던 할머니는 목침을 베고 잠이 드셨다. 달이 밝았다. 멀리 강이 은빛으로 빛났다.

 네 나이 때 저 산들이 어떻게 보였는지 알아? 나를 가로막는 장벽 같았어. 매일매일 하루는 똑같았고. 더구나 난 농사라면 치가 떨렸어. 농사철만 되면 어린애라고 봐주는 법이 없었거든. 온몸이 뻐근해질 정도로 하루 종일 동동거리고 다녀야 사람대접 받았으니까. 넌 주말하고 여름방학만 되면 살판이 나지만 난 주말과 여름방학이 제일 싫었어. 아침부터 농사일을 시켰으니까. 어렸을 때 내 소원이 뭐였는지 아니?

읍내로 이사 가는 거였어. 읍내에 사는 애들은 농사를 안 지었으니까. 그리고 그때는 오빠가 정말 미웠지. 공부 좀 한다고 아빠가 오빠에게는 농사일을 안 시켰거든.

 그런 게 어딨어? 엄마는 그냥 시키는 대로 가만히 있었어?

 도망 다니기도 했었지. 그런데 산속이나 친구네 집에 가서 놀고 있으면서도 별로 마음이 안 편하더라고.

 그래서?

 그래서는 뭘. 이렇게 맴이 꼬시랑 헌 것은 다 가차이 있기 때문인 것이다. 이왕 도망 가버릴라믄 아예 서울로 가버려야 쓰겄다 했지. 큭큭.

 결국에는 서울로 왔잖아?

 쉽지 않았어. 특히 할아버지가. 읍내에 나가 있던 오빠 학비도 허덕대던 형편이었으니까. 둘째, 그것도 딸한테는 학비를 마련해주기 어려웠을 거야.

 그래서 어떻게 했는데?

스텝 바이 스텝. 일단 고등학교는 보내 달라. 상업학교에 가면 3학년 되자마자 취업이 된다니 오빠 학비에도 도움이 될 거다. 그렇게 해서 여상(여자 상업학교)에 가려고 보니까 디자인과가 점수가 제일 낮은 거야. 잘됐다. 여기 들어가면 장학금도 받을 수 있겠다 싶어서 들어갔지. 그런 다음 죽어라 공부했고. 절박했거든.

그런데 하다 보니 이게 재미있는 거야. 그래서 1학년 때 1등을 했어. 그런 다음 2학년이 돼서 담임을 찾아가 담판을 지었지. 난 대학에 갈 거다. 진학반을 만들어 달라. 읍내에 있는 학교 어디에서도 서울에 있는 대학을 보내본 적이 없었던 터라 선생들은 전부 나를 말렸어. 심지어 맞기도 했어.

때리기까지 했다고?

그때는 별로 놀라운 일도 아니었으니까.

그래서 포기한 거야?

내가 배추냐? 포기하게?

헐…….

일단 알겠다고 하고 다시 공부했지.

학교에서 성적이 꽤 좋으니까 과 상관없이 3학년이 되자마자 이 동네 회사 여러 군데에서 연락이 왔었는데.

 왔었는데?

 난 무조건 서울에 있는 회사에 가겠다고 했어.

처음 들어보는 말이었다. 지금의 내 나이에 엄마는 저런 고민을 했구나. 엄마는 결국 서울에서 취직한 이야기, 실력에 비해서 고졸이라는 이유로 받았던 서러움, 빼앗긴 디자인 아이디어, 할아버지의 독촉, 이어지는 애원에도 끝까지 집에는 한 푼도 보내지 않고 악착같이 모은 월급 이야기를 아무렇지도 않게 얘기했다. 그 돈으로 학원비를 내고 공부를 해서 남들보다 3년이나 늦게 대학에 들어갔다는 얘기. 그렇게 들어간 대학에서 공부는 안 하고 놀기만 했다는 얘기. 그러면서도 대학을 졸업할 때까지 농사일이 많은 여름방학에는 단 한 번도 고향에 내려온 적이 없다는 얘기까지.

 그 다음엔? 이제 어른이니까 연애를 해야지.

 연애? 그래 연애했지. 근데 그 얘기는 19금이니까 너 결혼해서 애 낳으면 얘기해줄게.

아니 마무리도 못 지을 거면서 지금 갑자기 옛날 얘기는 왜 시작한 건데? 성교육도 조기교육이 중요한 거 모르셔?

 글쎄……, 글자가 없는 아프리카의 어느 부족은 자기 부족의 역사를 말로 외우는 사람을 하나 둔데. 그러니까 누가 누구를 언제 낳고 그 낳은 애가 어떤 일을 하고 또 어떤 애를 언제 낳고 하는 얘기를 전문적으로 외우는 사람이 있다는 거야. 그 사람은 축제 때가 되면 젊은이들을 모아놓고 날이 새기 전까지 몇 시간이고 그 얘기를 하지. 엄마도 그냥 그 사람처럼 내 얘기를 남겨놓고 싶었어. 나랑 제일 가까운 사람, 제일 사랑하는 사람에게. 내가 그냥 그렇게 살았다고. 쉽지는 않았다고. 한 가지 더, 지금 생각해도 참 어이없는 건 농사를 그렇게 싫어했던 내가 결국 농사를 좋아하는 남자와 결혼을 했다는 거야. 인생 참으로 웃기는 거지.

인생은 웃기는 걸까? 인생을 웃기다고 말할 수 있으려면 얼마나 긴 시간과 얼마나 아픈 상처를 겪어야 하는 걸까? 엄마는 엄마에게 있어 상처라고 말하는 것들이 그대로 남아 있는 곳에 와서 그 기억들을 전혀 알지 못하는 내게 모든 걸 이야기하고 그 기억들을 모두 알고 있는 할머니를 이제 모셔가려고까지 한다. 그건 상처가 나았다는 건가?

서울에서 온 전화랑 한참 씨름을 하던 엄마가 말을 이었다.

상처는 처음에만 아프고 시간이 지나면 아물게 되어 있어. 상처는 흉터가 되고 흉터는 아팠던 기억을 생각나게는 하지만 건드려도 아프지는 않게 되는 거야. 그래서 인생에서 세월이 중요한 거야.

 그래서 지금은 안 아파? 웃기기만 해?

 야! 내가 죽었냐? 안 아프게? 사람은 살아 있는 동안은 계속 아픈 일이 생기는 법이다. 이 철없는 고딩아. 봐, 당장 일거리 있다고 내일 올라오라잖아. 먹고사는 일이 다 아픈 거야…….

결국 할머니를 모시고 오지는 못했다. 할머니는 "나는 암시랑토 안혀"라고만 몇 번을 말했다.

 다시 올게요.

집 마당에서 차를 돌리다가 엄마는 잠깐 차를 세우고 오영을 내리게 했다.

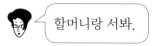 할머니랑 서봐.

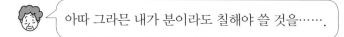 아따 그라믄 내가 분이라도 칠해야 쓸 것을…….

오영이 할머니를 꼭 안았다. 엄마는 둘을 세우고 몇 번이나 자리를 옮기며 사진을 찍었다.

잘 계세요. 뭔 일 있으면 전화하고. 내가 안 받으면 애한테 하시구요. 영이 전화번호는 저장해두셨죠?

응. 2번. 너가 1번.

올라오는 동안 엄마는 한마디도 하지 않았다. 고속도로에 들어서기 전까지도 자꾸 백미러를 보았다. 마치 누가 따라오는 것처럼. 무언가 중요한 걸 떨어뜨린 사람처럼.

방학은 짧다. 너무 짧다. 뭘 하기에도 안 하기에도 짧다. 늦게 자고 늦게 일어나는 행복. 아침 해를 본 적이 없는 여유. 행복은 짧아서 행복이고 여유는 잠깐이어서 여유였다. 집으로 돌아온 지 얼마 안 돼서 동아리 연습이 기다리고 있었다.
유진 선배는 심각한 얼굴로 다그쳤다.

방학 때 연습해두지 않으면 몸이 굳어. 방학이라고는 하지만 우리가 첫 무대로 나가려는 축제까지는 기껏해야 세 달 조금 시간이 있을 뿐이야.

무대에서 쓸 곡은 유진 선배가 골라왔다. 누구도 토를 달지 않았다. 그리고 그 곡을 계속해서 들었다. 음을 늘려 아주 천천히 듣기도 했다. 그런 다음 곡의 마디 마디를 끊어 거기에 맞는 동작을 다시 반복했다. 어떨 때는 하루 종일 두 마디만 반복하기도 했다. 미칠 것만 같았다.

기본이 없으면 더 나아갈 수 없어. 매일 나와야 해. 우리 몸을 길들여야 해. 너희는 천재가 아니야. 세상에 진짜 천재는 없어. 한 동작을 한 달 넘게 연습했다는 댄스 가수도 있어. 아이돌이 우스워? 그냥 예쁜 얼굴 하나 내세우는 실력도 없는 애들 같아? 걔들이 소속사에 캐스팅 된 후에 연습생으로 시간을 얼마나 보내는지 알아? 이승엽이 하루에 스윙 연습을 몇 천 번씩 했다는 건 모르지? 실력은 지겨움을 견디는 데서 나오는 거야.

남을 가르친다는 것은 자신을 돌아보게 하는 일이기도 하다. 유진 선배가 그렇게 닦달하지 않아도 초등학생들을 가르치면서 동아리 사람들은 자신들이 가지고 있는 실력의 바닥을 알게 됐다. 그동안의 연습은 진지했었고 동작은 나름 단단해지고 있었다. 그런데 이제 아이들은 점점 지치기 시작했다. 하나둘 핑계가 늘어갔고 나오는 수도 줄어갔다.

현대 골프의 아버지라고 불리는 벤 호건은 선수 시절에 '하루를 연습하지 않으면 나 혼자만 안다. 이틀을 하지 않으면 관중이 안다. 사흘을 하지 않으면 온 세계가 다 알게 된다'고 했어.

우리는 세계적인 선수가 되려는 게 아니다. 실력은 지겨움을 견디는 데서 시작할지 모르지만 재미가 없는 곳에서 무너지는 거야. 내 실력이 이렇다는 걸 세계가 알면 어때? 난 쪽팔리지 않아. 그게 나니까. 하지만 유진 선배는 그걸 모르고 있는 것 같았다. 몰라서 연습을 계속 시켰다. 오영은 어디 한번 해보자 하는 심정으로 견디고 있었다.

개학이 가까워지던 어느 날, 숨이 헐떡거려 곧 죽을 것 같은 얼굴을 하면서도 한 번도 연습에 빠지지 않던 기수가 쉬는 시간에 얘기했다.

 나 우리 집에서 해외여행 가자는 것도 안 가고 연습하는 거야.

 그냥 따라가지 그랬냐?
그 핑계로 안 나오는 애들도 수두룩이구만.

 글쎄 말이야. 그럴 걸 그랬나? 큭큭. 만약 그랬으면
용해 얼굴도 한번 봤을 텐데.

 용해?

 응. 방학 동안 상하이에 있겠다고 했어. 용해네 상하이에 별장
도 있다던데. 거기서 이번 방학 보낼 거라고, 상하이에 오면
연락하라고 했거든.

 그래?

별로 친해 보이지 않았던 기수에게는 한 얘기를 왜 나한테는 하지 않았을까? 웃긴 놈이네. 어디 산속에 있다는 기숙학원에 들어간 물결이도 이 얘기를 알까? 그 학원은 핸드폰도 전부 압수라서 연락도 안 된다던데.

귀찮기만 하던 연락이 궁금해질 쯤, 학원 대신 집에서 보던 교육방송 강사의 얼굴이 지겨워질 쯤, 숙제라고 내준 것들에 대한 부담이 다가올 때쯤, 한 달도 되지 않았던 방학이 끝나가고 있었다. 그렇게 여름이 가고 있었다.

6장

엄마, 아빠가
다 있어야
행복하겠냐?

김미애. 오늘도 안 왔어? 도대체 얘는 뭐야?

 자퇴요.

담임은 출석부에 줄을 그어놓지 않았다.

 그럼 도대체 이 반은 총 몇 명인 거야?

애들은 하루 종일 등교하고 하루 종일 집에 갔다. 시간마다 인원이 달라졌다. 선생님마다 헷갈려 했다. 자리에 없는 많은 이름들 중에서 잊을 만하면 불려 나오는 귀에 익은 이름을 들으면서 오영은 자기라도 줄을 그어놓을까 생각했다. 그만 불러요. 좋아하지도 않았잖아요.

새 학기가 시작되고 나서도 학교는 변한 게 없었다. 아니 변할 수 있는 게 별로 없었다.

 광주에서 학생항일운동 일어났을 때 송강호가 택시 운전해요?

 그 영화는 5·18 광주민주화운동 얘기고.
5·18은 곧 배우게 될 거예요.

 의의가 뭐예요?

 한계가 뭐예요?

 지금 글자 뜻을 물어보는 거니? 고등학생 맞아?

 3·1 운동을 한글로 써요, 숫자로 써요?

 니 맘대로 하세요.

 사밀운동이 스포츠예요?

 응, 그래. 올림픽 정식 종목이다.

 기차바퀴가 몇 개예요?

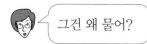 그건 왜 물어?

 기차에서 학생들끼리 다구리 붙었다면서요? 그걸 그리려고요.

　역사적 사건을 그림 섞은 문자로 표현하는 타이포셔너리(Typotionary) 시간이었다. 늦둥이들에게는 큰 언니나 큰 누나뻘의 역사 쌤은 점점 날카로워지고 있었다.

 쌤. 근데 KTX 타면 강릉을 한 시간이면 간데요.

 어쩌라고?

 KTX는 바퀴가 있어요?

 야. 헛소리 좀 그만해. 아……. 근데 좀 알고 싶기는 하다. 진짜 있나?

 3·1운동 때 대한독립 만세 했어요, 대한민국 만세 했어요?

 노동자와의 연대에서 연대는 뭐예요?

 야, 무식아! 그거 대학이잖아. 넌 죽어도 못 갈 걸.

쌤 진짜예요? 군대에서 쓰는 말 아니에요'? 중대, 연대…….

 어휴, 저 진짜 무식한 놈. 그것도 둘 다 대학이잖아.

애기가 교실을 흘러 넘어 전국으로 흩어지고 있었다.

애기는 그렇게 각자 갈 길을 가고 있었지만 오영의 생각은 자꾸 한곳으로 모아지고 있었다. 미애는 뭐 하고 있을까? 학교를 벗어나서 자기가 원하는 곳에 가 있을까?

2학년 선택과목 조사가 시작됐다. 학년 초에 했던 심리 조사, 직업 적성검사 결과 등을 바탕으로 담임과의 면담이 있었다.

 댄스 동아리는 열심히 하고 있는 거니?
이름이 뭐더라? 비트 브레이커?

 그 팀 아니고요, 새로 만든 팀에 들어갔어요.
이름은 아직이고요.

 춤으로 대학 갈 거야?

 꼭 그렇지는 않아요.

 그럼?

재미로 하는 거예요.

재미도 좋지. 하지만 의미 있는 걸 찾아보는 것도 좋을 거야. 특별히 좋아하는 건 있어?

전 특별하게 잘하는 게 있는 것 같지도 않고, 또 특별하게 좋아하는 게 있는 것 같지도 않아요. 오영이잖아요. 딱 중간.

오영이 중간이라는 건 백이 기준일 때 하는 소리지. 어떤 수의 완성이나 총합을 무조건 백이라고 생각하는 것도 말이 안 되는 거야. 전체가 천이라면, 만이라면, 아니 억이라면 오십은 어디쯤 있겠어?

쌤은 제가 일 억 중의 오십. 그러니까, 음……. 천만분의 오, 그러니까……, 계산기 있어요? 하여튼 그렇게 되기를 바라시는 거예요? 전 잘하는 게 없다니까요? 좋아하는 것도 특별하지 않고요.

이백만분의 일이 될 수만 있다면 굳이 마다할 필요는 없겠지. 그리고 사실 다들 너처럼 특별한 거 없어. 그게 당연한 거고.

당연하다고요? 쌤은 저번에 애매한 건 나쁜 거라고, 갈 길은 빨리 정할수록 좋다고 하셨잖아요?

 이야……. 우리 반에서 지금껏 내가 한 말을 기억해준 건 너밖에 없는 것 같다. 일단 고맙다. 오영, 그래서 우리끼리 말인데 그땐 내가 분명히 그랬지. 그런데 그거는 그래야, 그렇게라도 해야, 니들이 자신에 대해서 생각이라도 해볼 것 같아서 그런 거야. 다른 애들한테는 얘기하지 말고. 또 무작정 놀기만 하라는 소리로 들을 테니까. 어쨌든 생각해봐. 이제 태어난 지 17년밖에 안 된 애들이 세상을 알면 얼마나 알고 자기를 알면 또 얼마나 알겠어. 그런 애들한테 지금부터 꿈을 가져라, 미래 직업을 위해 지금부터 준비해라 하는 건 말도 안 되는 거야. 지금은 그냥 이것저것 부딪히면서 내가 어떤 사람인가를 알아가는 게 제일 중요한 거야. 꿈은 늦게 가져도 돼. 갖고 싶을 때 가져도 돼.

 그때 성적 좋은 용해만 엄청 칭찬하시기도 하셨어요.

 고등학교에서 성적은 성실이야. 여기서 무슨 아인슈타인의 상대성 원리를 뛰어넘는 천재적 업적을 원하는 것도 아니고 지금껏 인류가 만들어온 지식의 기초를 따라가는 것뿐인데……. 즉 뛰어난 머리가 필요한 게 아니라는 거야. 다만 학교에서 주어지는 것을 성실하게 따라간 결과, 그게 성적이라는 거라고. 그래서 용해를 칭찬한 거지.

전 제가 용해만큼 성실하지 않았다고 생각하지 않아요.

 역시 다들 그렇게 얘기해. 하지만 가끔은 자신을 냉정하게 되돌아볼 필요가 있어. 네 성실이 주로 어디에 쓰였는지 잘 생각해봐.

 성적 나쁜 애들이 다 불성실하지는 않아요.

 알아. 내가 하고 싶은 이야기는 무기력 성적을 말하는 거야. 그냥 기본적으로 주는 점수도 받지 않는 무기력.

 수학, 영어……. 하나도 알아들을 수 없는 얘기를 가만히 앉아 하루에 일곱 시간 이상 듣고 있어야 하는데 어떻게 힘이 나겠어요. 무기력도 이유가 있을 거예요.

 핑계 없는 무덤 없다.

 전 그 핑계라도 어른들이 알아야 한다고 생각해요. 그래서 말인데……, 미애 전화번호 좀 알려주세요.

 미애?

교무실에서 나와 학교 안을 천천히 걸었다. 마릴린 디마지오의 노래가 따라왔다.

원하는 게 뭐야? 사는 건 무(無)야!

젠장~ 버스 떠난 정류장
막차라면 달려볼까~
달려보면 잡혀질까~ ♪

대학로행 버스 안에 자리 잡은 사람들은
물음표를 내고~ 마침표를 받고~
행복으로 달려가는 내 꿈속의 대화들은
물음표를 내고~ 차림표를 받고~ ♬

no choice. no choice.
I have no choice.
I say "why", you say "be quiet"

어른 되면 다 안다는 당신들의 대답 속에
난 오늘도 입을 닫지. 마음으로 소리치지.
"궁. 금. 한. 게. 안. 생. 겨. 요."

꿈속에서 올라타 본
대학로행 그 버스는

내 귀에 속삭이지

잔액이 부족해~

성적이 부족해~ ♪

젠장~ 버스 놓친 정류장

막차라도 걸어갈래~ 아니라도 돌아갈래~

걸으면서 생각할래~ 돌아가며 돌아볼래~

지금? 여기? 사람?

이 순간! 이대로! 행복해! ♬

 면담 끝났냐?

고개를 들어보니 용해가 서 있다. 용해너머 운동장이 보인다. 아직도 여름 땡볕인데 남자애들이 사냥감을 쫓듯 공을 따라 몰려가고 있었다. 수컷들이란…….

 스트라이커가 빠지면 어떡하시려고?

 이미 충분히 골을 넣어줬지.

용해는 건강하다. 건강해 보인다. 귀 밑을 타고 내려와 턱에서 떨어지는 땀들이 순간순간 구슬처럼 빛난다.

방학 동안 중국 별장에 다녀왔나며?

 별장?

해를 등지고 섰나? 얼굴이 갑자기 어두워진다.

 뭐 그런 셈이지. 내가 주로 사는 집은 아니니까.

 뭐야? 물어보면 안 되는 얘기였어?

 그 얘기는 나중에 하고. 학교 끝나고 나 좀 보자.

 나 오늘 아빠한테 가는 날인데?

 아빠한테 가는 날? 아니 무슨 엄마, 아빠를 날 정해놓고 만나
는…… 어? 이제 보니까 너도 혹시?

 너도 혹시라니. 그럼 너도?

 같이 가자. 나도.

다짜고짜.

8월은 농사에 있어 하반기의 시작이다. 특히 8월의 하순은 김장 배추의 모종을 심는 때이기도 했다. 모종을 심기 전에 해야 하는 밭 정리부터 농장엔 할 일이 넘쳤다. 논농사에서 보리를 베고 모를 심는 시기인 망종(芒種)은 불 때던 부지깽이도 농사일을 거든다는 말이 있을 만큼 바쁜 때지만 밭농사를 하는 사람들도 그에 못지않게 일손이 부족한 때가 이때였다. 한번 데려가 볼까? 더구나 용해의 어두운 얼굴이 매몰찬 거절을 막았다. 오영도 오늘은 혼자 일하기 싫었다. 그게 무엇이든 같은 일을 공유하고 있는 사람과 가까이 있는 것은 위로가 된다. 같이 땅을 향해 숙이면 좀 나아질까? 그렇게 겸손하게 허리 숙이면 우리가 겪고 있는 문제들이 자세하게 보일까? 얘를 보고 아빠가 괜한 생각을 할 수도 있겠다 싶었지만 오영은 용해를 농장에 데려가기로 했다. 그래 얘기나 들어보자.

 세상 인심 야박해서 나 원. 씨발, 이렇게 많은데 좀 나눠 먹으면 좋잖아!

농장 입구에서 낯선 사람이 시근벌떡거리며 아빠를 향해 언성을 높이고 있었다. 처음 보는 풍경은 아니다. 하지만 옆에 있던 용해가 당황하는 게 신경 쓰였다.

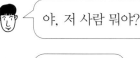 야, 저 사람 뭐야?

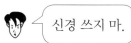 신경 쓰지 마.

맞은편에 계신 분이 니네 아빠 아니셔? 내가 좀 도울까?

지도 남자라고 나서기는. 평소에는 그렇게도 북적이던 공동체 회원들도 꼭 이럴 때는 보이지 않는다.

 돕기는 뭘 도와. 나서도 내가 나서니까 넌 가만히 있어.

낯선 사람은 점점 더 말과 행동이 거칠어지고 있었다. 서리를 하다가 걸렸구만. 많은 사람이 서리가 도둑질이라는 생각을 하지 않는다. 더 웃기는 건 도둑질을 하다가 들켜놓고도 열에 아홉은 인정머리가 없다느니, 야박하다느니 하며 되레 화를 낸다는 것이다. 가장 하찮은 인간은 자신의 잘못이 드러났을 때 오히려 화를 내는 인간이다.

 다시 오면 경찰에 신고하겠습니다.

아빠는 점잖게 응수했다. 응수(應手). 적의 공격에 대응한다는 뜻이다. 아빠의 반격은 늘 그렇듯 점잖다. 점잖다, 젊지 않다는 말. 흥분은 젊음의 특징. 그러니 흥분하지 않겠다는 뜻이다. 흥분하면 지는 것이니까. 아빠의 고요함은 어떤 때는 '경찰을 부르겠다'는 말보다 무섭다. 보통 이쯤이면 지 혼자 욕을 한번 내뱉고는 자리를 떠나기 마련이다. 그러나 오늘은 좀 달랐다. 약간씩 비틀거리는 걸 보니 술에 취한 듯하다. 대낮에. 낮술은 어미 아비도 못 알아보게 한다더니. 그렇다고 아빠에게 저러는 건 실수하는 거다.

남이 힘들 게 농사지은 걸 훔치는 건 아주 나쁜 짓입니다. 다시는 이런 불미스러운 일로 얼굴을 붉히지 않았으면 좋겠습니다.

욕이 들려왔다. 삿대질을 하는 듯 검은 비닐 봉투를 든 팔이 올라갔다 내려갔다 한다.

 지금 들고 있는 거 내려놓으시고 돌아가시죠.

 에잇. 다 먹고 떨어져라.

비닐 봉투가 아빠 얼굴을 향해 날아갔다. 아빠는 그 자리에서 꼼짝도 않은 채 한 손을 들어 날아오는 비닐 봉투를 잡았다. 폭죽이 터지듯 검은 알갱이들이 사방으로 튀었다. 작년부터 아빠가 공들여 키우고 있는 아로니아 열매였다. 아빠 손에는 터진 비닐 속에 남아 있는 한 움큼의 열매들이 잡혀 있었다. 손을 그대로 든 채 아빠는 열매들을 힘껏 쥐었다. 힘을 쥔 손에 푸르게 힘줄들이 올라오고 하얗게 일어선 뼈들이 도드라지다 못해 곧 부서질 듯했다. 즙이 피처럼 흘러내리기 시작하더니 남아 있는 단단한 씨들이 서로를 부딪쳐 으스러지는 소리를 냈다. 믹서기에서 갈리듯 씨들이 조각조각 갈아져 땅에 떨어졌다.

그러자 이제까지 온갖 진상을 다 떨던 상대는 하얗게 질린 얼굴로 멍하니 서 있다가 뒷걸음질을 쳤다.

우이…….

용해가 말을 잇지 못했다.

독수리는 아무 때나 발톱을 드러내지 않는다. 아빠가 저런 하찮은 인간에게 힘을 보인 것은 힘이 아니면 말을 못 알아듣는 인간에게 더 이상의 가르침은 없다는 뜻이었을 거다. 허둥지둥 비틀거리며 농장에서 벗어나는 모습을 끝까지 지켜본 후 아빠는 몸을 틀었다.

왔어? 오늘은 손님도 같이 왔네?

호흡 하나 거칠어지지 않았다. 누가 보면 이웃하고 인사한 줄 알겠네. 멀리서 오릉이 뛰어오고 있었다.

야야! 짖기는 왜 짖어? 상황 끝났구만.
개똥도 약에 쓰려면 없다더니.

용기는 흔히 통찰력의 결핍에서 오는 반면 비겁은 대개 훌륭한 정보를 기초로 하고 있다. 영국 배우, 피터 유스티노프. 내 똥은 약에 쓰이지 않는다. 그리고 내겐 술 취한 사람은 발길질을 잘한다는 경험에서 나온 정보가 있다.

아빠 코스프레냐? 아, 그만 짖어. 얘 내 친구야. 평소에는 아무리 낯선 사람이 들어와도 아는 척도 안 하더만?

남녀 사이에 친구가 어딨냐?

 어머 어머, 얘 웃기네.

 야, 오영? 너 지금 개랑 얘기하는 거야?

아빠는 늘 그렇듯 용해에게도 이름 외에는 별 다른 걸 묻지 않았다.

 어서 와. 농사일은 처음이지?

 네.

 그럼 땅하고 먼저 친해져야겠네.

 그전에 나랑 먼저 친해져야 할 걸.

아빠는 밭을 고를 때 쓰는 네귀를 건넸다. 용해가 네귀를 들고 잔돌들을 골라내서 한쪽에 모아놓으면 오영이 삽으로 외발수레에 퍼 담아 농장 경계에 쌓아놓았다. 오릉은 오영을 따라다니지도 않고 밭 한쪽에 앉아 마치 감시하듯 용해를 지켜보고 있었다. 긴 여름의 한 하루가 저물고 있었다. 용해는 오영이 무슨 일이 있을 때마다 아빠에게 간다는 말이 무엇인지 어렴풋이 알 수 있었다. 아빠에게 간다기보다는 땅에 가는 거구나.

단순하게 몸을 쓰는 일은 복잡한 머리의 문제를 해결하는 데 도움이 되는구나.

 돌이 많지?

아빠가 어느 샌가 많이 반듯해진 밭을 보며 이제 그만하라고 했다.

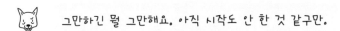 그만하긴 뭘 그만해요. 아직 시작도 안 한 것 같구만.

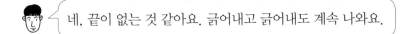 네, 끝이 없는 것 같아요. 긁어내고 긁어내도 계속 나와요.

어쩌면 당연한 거야. 우리가 무슨 일을 하려면
꼭 그렇게 방해하는 것들이 생기는 것처럼.

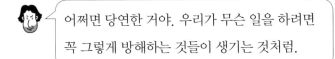 힘은 드는데…… 도움이 되네요. 저한테.

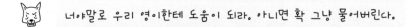 너야말로 우리 영이한테 도움이 되라. 아니면 확 그냥 물어버린다.

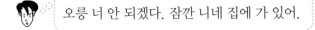 오릉 너 안 되겠다. 잠깐 니네 집에 가 있어.

밥 만드는 일이 도움이 됐다고? 그 말은 보통
복잡한 문제를 안고 있는 사람들이 많이 하는 말인데?

여기서 아빠와 같이 용해 얘기를 듣고 싶지는 않았다. 오영은 말을 돌렸다.

아니, 오늘 2학년에 올라가서 해야 되는 문과 이과 선택 때문에 담임 면담했거든. 얘도 그렇고 나도 그렇고 그게 좀 선택하는데 복잡해서…….

그래? 꼭 정확한 구분은 아니겠지만 문과와 이과를 나눠보면…… 문과, 인문계열이 무엇인지를 이해하려면 그 다른 쪽인 자연계열이 어떤 일을 하는지 알아두는 게 빠를 거야. 자연계열은 실험같이 경험적으로 실증된 법칙이야. 법칙은 어디서나 통한다는 말이지. 만유인력의 법칙이 우리나라는 통하고 일본에서는 통하지 않으면……. 아주 좋겠지. 하하.

네?

아니 아니, 이건 농담이고. 자연의 법칙은 어디서나 누구에게나 예외 없이 적용되고 그 법칙들을 연구하는 게 자연계열, 이과라고 할 수 있지. 반대로 인문계열에서 공부하는 인간이나 사회는 어디서나 예외 없이 통하는 법칙이라는 건 없어.
자라온 환경, 자연 환경, 그 사회가 속한 정치적 문화적 상황 등에 따라 그 모습이나 특징이 모두 달라지지. 바로 이런 점에서 문과를 가려는 사람은 여러 가지 문제를 다양하게 볼 수 있는 관점이나 시각이 필요하지.

 꼭 문과만 그런 건 아니야. 요즘에는 이과도
사회 문제와는 떨어져서 생각할 수 없다고 배웠어.

용해가 오영을 놀란 눈으로 쳐다봤다.

 물론이지. 난 자연을 다루는 과학도 사회가 요구하는
윤리와 도덕의 기준을 따라야 한다고 생각하거든.

 아! 복잡해. 문과, 이과 뭘 선택하든 결국에는 대학,
그리고 취직으로 가는 시작이잖아.

 선택은 이미 시작된 거야. 너희들은 이미 특성화고나 특목고
를 가지 않고 일반계 고등학교에 왔잖아. 그것도 중요한 선택
이었지.

난 특목고는 안 간 게 아니고…….

 먹고살기 위해서 꼭 가져야 한다는 직업. 그것 때문에
벌써부터 고민해야 한다는 게 좀 짜증나.

용해는 무언가 부탁을 하거나 속에 있는 얘기를 하고 싶어 나를 따로

보자고 했을 것이다. 그 얘기를 혼자만 듣는 게 예의인 것 같아서 말을 돌린 건데, 얘기를 하다 보니 점점 심각해지고 있다.

 먹고사는 문제는 아주 중요하고 어쩌면 고귀한 거야. 김훈이라는 작가는 밥벌이의 지겨움을 얘기했지만 그건 어떻게 보면 밥벌이가 얼마나 우리 삶에서 피할 수 없는 문제인가를 얘기하는 것일 수도 있어.

 그래서 아빠는 직업이 뭐라고 생각하는데?

 예전에는 직업을 얘기할 때 노동을 통해서 자신과 가족의 생계를 꾸리는 것뿐만 아니라, 다른 사람들과 상부상조함으로써 자기가 속한 공동체가 원활하게 돌아가게 하는 일까지 직업의 범주에 넣었어. 그리고 예전 사람들은 한 가지 일만 하진 않았어. 전문영역이 있으면서도 살아가는 데 필요한 대부분의 것들을 스스로 해결할 줄 알았지. 다산 정약용을 봐봐. 다산 정약용은 누구나 인정하는 철학자였어. 동시에 농사전문가였지. 유배지에서 보낸 편지를 읽어보면 다산 정약용이 얼마나 농사에 해박한지 잘 나와 있어.
그리고 정조의 어명을 받아 수원화성을 설계하고 만든 건축가이기도 했고. 정약용이 수원화성을 설계했을 때 사람들은 건축에만 십 년이 걸릴 거라고 했지만 다산 정약용은 기중기를 발명해서 이 년 팔 개월 만에 완공했어.

그러니까 정약용은 과학자이기도 했던 거지. 어디 그뿐이니. 아주 뛰어난 시인이기도 했지. 물론 정약용이 아주 뛰어난 사람이었으니 그 모든 게 가능했을 거야. 그런데 민초로 불렸던 일반 사람들도 대단한 능력의 소유자들이었어. 사극에 나오는 엄마들을 봐봐. 일단 다들 농사 전문가잖아. 그리고 천을 짜는 기술자인 동시에 의상디자이너였지. 뿐만 아니라 된장과 간장을 비롯해서 효소까지 손수 빚는 발효의 달인이자 일류 요리사였어. 그리고 산이나 들에 나가면 약초와 독초를 구분할 줄 아는 식물학의 대가였고. 닭, 돼지, 소 같은 가축을 정말 잘 키우는 축산인이기도 했어. 정말 놀랍지 않니?

 요즘은 그걸 인터넷에서 해주지.

 인터넷은 물건들이 잘 정리되어 있는 창고야. 그런데 아무리 창고에 좋은 물건이 많이 있어도 그걸 제대로 쓰려는 사람이 없으면 아무 소용이 없는 거야. 하여튼 네 말대로 인터넷이 나오고 세상이 달라지면서 직업의 개념이나 범주가 달라졌어. 우리가 사는 자본주의 사회에서는 직업을 선택하거나 고르는 기준에서 공동체가 사라졌어.
예를 들어 의사는 자신의 이익을 따지기 이전에 아픈 사람을 치료해야 하잖아. 그런데 현실은 어때? 돈이 없는 사람은 아무런 치료도 받지 못한 채 죽어가기도 해.

그리고 공장의 분업화가 이뤄진 후로 사람들은 훨씬 많은 일을 하면서 폭넓게 살 수 있는 기회를 박탈당한 채 한 가지 일만 하도록 강요당하며 살아가고 있어. 그건 과학기술이 발전하면서 전문화가 된 탓도 있지만 저임금으로 사람들을 최대한 오래 부려먹기 위한 폭력적인 사회 시스템의 영향이 가장 커.

용해는 말없이 두 사람의 얘기를 듣고만 있었다. 오영도 아빠도 문득 두 사람만 얘기하는 게 미안해졌다.

세 사람이 모여 얘기할 때 한 사람이라도 골프를 모르면 골프에 대해서 이야기하지 마라. 영국 속담인데 너무 우리만 얘기한 것 같구나.

아니에요. 저도 해당되는 얘기인데요 뭐.
그리고 저 골프도 칠 줄 알아요. 하하.

골프를 칠 줄 안다는 말은 거짓말이 아닐 것이다. 평소 같았으면 재수 없는 자식 했겠지만 용해가 그걸 말하는 모습이 왠지 씁쓸해 보여서 오영은 토를 달지 않았다.

많이 늦었네. 아빠, 우리 이제 가야 할 것 같아.
그리고 오늘은 얘가 있으니까 안 따라 나와도 돼.

안 돼~ 깜깜한데 어딜 둘만 가겠다는 거야!!

멀리 개집 쪽에서 울부짖는 듯한 소리가 들려왔다.

 솔직히…… 부럽다.

농장을 나오면서 계속 말 한마디 하지 않던 용해가 버스 정류장에 도착해서야 입을 뗐다.

 뭐가?

 너랑, 니네 아빠.

 부럽기는……. 직업을 저렇게 잘 얘기하면서도 정작 "아빠 직업이 뭐야?"라고 물으면 제대로 말도 못 해. 남들 따뜻한 데서 펜 들고 일할 때 삽 들고 밭에 서 있는 아빠가 뭐가 부럽냐?

쑥스러운 얘기를 할 때는 말이 길어진다.

 그래도 골프채를 들고 아들하고 얘기하는 사람보다는 낫겠지.

 골프채? 니네 아빠 골프 선수야?

골프를 미친 듯 좋아하지만 선수는 아니지. 한국 여자와 결혼했지만 한국 사람도 아니고 남편도 아니고. 아들을 낳았기는 하지만 아빠는 아니고. 골프채는 주로 우리 아빠라는 사람이 아들과 대화할 때 쓰는 도구지.

버스가 오지 않는다. 미애의 목에 있던 흉터가 생각난다.

나 2학기 반장 선거에 나가보려고.

1학기에는 관심도 없더니?

좀 오기가 생겨서.

누구한테?

아빠한테.

용해를 괜히 농장에 데려왔나 싶다.

그리고 너한테.

나한테?

넌 불쌍한 사람만 좋아하잖아. 미애 같은.
그래서 나도 이번에 떨어지면 좀 불쌍해 보일까 해서.

 야, 이 깝깝아! 넌 매번 그런 식이니까…….

 그런 식이 어떤 식인데? 나한테는 결과가 어떻게 되든 손해 볼 거 없어. 반장이 되면 그나마 엄마를 안심시킬 수 있고, 안 되면 너한테 동정 받을 테니까.

　반장이 된다는 것이 용해에게 무슨 의미가 있는 건지, 그게 왜 용해 부모님에게 중요한 일인지 묻지 않았다. 사람의 마음을 억지로 꺼내는 일은 언제나 실패한다는 걸 오영은 너무나 잘 알고 있었다. 아빠가 오영에게 그러하듯 오영은 용해의 말이 용해에게서 흘러나오기를 기다리는 것이 좋겠다고 생각했다. 그리고 오영 자신에 대한 용해의 생각이나 마음도 더 묻지 않았다. 대답도 하지 않았다. 처음 있는 일이었고 당황스러운 일이었다. '오릉 말을 들었어야 했어. 남녀가 둘만 있으면 이렇게 꼭 어색한 일이 일어난다니까.'
　버스에 올라 둘은 다른 자리에 앉았다. 용해도 굳이 같이 앉자 하지 않았다. 내일부터 어떡하지? 용해가 먼저 내렸다.

　오랜만에 빵·슈·세를 순회했다. 자극적이고 단 게 먹고 싶었다. 슈퍼에서 과자를 많이 샀다. 엄마가 맡겨놓은 카드로 결제했다. 오늘도 늦겠지? 만복슈퍼 12,800원. 바로 엄마의 전화기에 날아가 찍히겠지. '나 집 앞이야. 이제 들어가'로 엄마는 읽을 것이다.

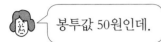 봉투값 50원인데.

아니요, 그냥 박스에 담아갈게요.

문을 열었다. 역시 엄마는 없다.

 야호~ 박스다!

냉장고에 넣을 것 몇 가지와 과자까지 모두 빼니 얼른 박스 속에 오냥이 들어가 앉는다. 아니 날아가 앉는다.

좋냐?

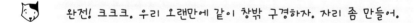 완전! 크크크. 우리 오랜만에 같이 창밖 구경하자. 자리 좀 만들어.

소파를 밀어 베란다 쪽으로 향하게 하고 오냥이 들어 있는 박스를 통째로 들어 한쪽에 내려놓았다. 하루 종일 창밖만 보고 있었을 거면서.

멀리 캄캄한 들이 퍼져 나가고 끝에 구름인지 산인지 분간하기 힘든 짙은 색 그림자가 막을 치고 있었다. 사가지고 온 과자를 뜯고 캔도 뜯었다. 창밖을 볼 때 오냥은 말이 없다. 더구나 상자 안에서는 캔도 잘 먹지 않는다. 건드리는 것도 싫어한다. 옆에 나란히 앉아 멍하니 먼 곳을 보는 오냥은 무슨 생각을 할까?

오영은 주머니를 뒤져 담임이 적어준 쪽지를 꺼냈다. 수학 공식을 외우듯 적혀 있는 숫자를 한참이나 보던 오영은 전화기를 꺼냈다.

한참이나 본 것 같은데 읽었다는 표시가 없다.

전화기를 닫았다. 오냥은 계속 말없이 밖을 보고 있다.

우리 오래오래 같이 살자.

 니가 서른이 되기 전에 난 아마 죽을 걸.

 조금 더 살아주면 안 돼? 내가 결혼도 하고 애도 낳고
그 애가 또 애를 낳고 할 때까지.

 싫어.

 왜?

 그건 고양이한테 너무 무리한 부탁이야.
우리 고양이들은 다음 생이 정해져 있거든.
내가 너무 늦게 가면 스케줄이 꼬여.

 넌 죽고 나면 뭐가 되는데?

 그건 비밀이야. 말해줘도 모를 거고.

　오냥은 돌아보지도 않고 얘기했다. 혼자 있고 싶다는 뜻이다. 알았어.
난 그럼 들어가서 잘게. 넌 계속 여기 있을 거지? 여전히 돌아보지도 않
고 대답도 않는 오냥의 머리를 잠깐 만진 후 오영은 방에 들어갔다.

반장 선거는 학생회장을 뽑는 선거와는 달라서 그렇게 요란하지 않다. 그러나 담임은 정해진 절차는 반드시 따라야 한다고 선언했다. 학급 내에서 선거관리위원회가 만들어지고 간단히 종례 시간에 소견 발표도 했다. 그전에 담임은 선관위 위원장을 오영이 맡았으면 했지만 오영은 거절했다.

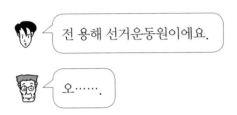

전 용해 선거운동원이에요.

오…….

애들이 일제히 야유했다.

사귀어라!
사귀어라!

물결이 얼굴이 굳어졌다.

그리고 물결이 선거운동원이기도 해요.

물결이 놀란 얼굴로 오영을 쳐다봤다. 할 수 없다. 용해의 말대로라면 용해가 반장이 되는 게 좋은 일이다. 그의 부모님을 위해서도, 무엇보다 나를 위해서도. 그리고 물결이가 부반장이 되면 그것도 좋은 일이다.

야, 나한테 말도 없이 그러면 어떻게 해.

 뭘 어떻게 하긴. 부반장 돼서 용해랑 같이
열심히 우리 반을 위해 봉사하면 되지.

　후보는 연임을 노리는 나경이와 새로 등장한 용해 둘이었다. 부반장은
나서는 후보도 없었다. 물결이의 싱거운 무투표 당선. 반장 선거도 싱거
웠다. 아이들은 오래 계속되는 것을 지겨워한다. 나경이가 잘해왔음에도
애들은 변화를 원했다. 분위기가 용해 쪽으로 쏠리자 나경이는 투표를
하루 앞두고 담임에게 가서 후보를 사퇴하겠다고 했다.

 그걸 왜 나한테 와서 얘기해?
선관위 위원장한테 가서 얘기해.

　담임의 대답이었다.

　시월로 접어들자 아빠 농장은 주말마다 사람들로 북적거렸다.
　용해는 그날 이후 별 말 없이 예전으로 돌아가 실없는 소리를 해댔고,
물결이는 반장님을 우러르며 그 업적에 따라가고자 공부에만 매달렸다.
그래, 그러면 되는 거야. 각자 자기 길로 가면 되는 거야. 나는 북적거리
는 주말의 농장이 좋아.

 오늘 쉬는 날이야?

프리랜서가 쉬는 날이 어디 있냐? 늘 대기하는 거지.

 비정규직의 서러움이구만.

 어디 가?

 농장. 엄마도 같이 갈래? 비정규직이 이럴 때 일해야 한 푼이라도 더 벌 거 아냐? 그래야 예쁜 딸 맛있는 거라도 사줄 수 있잖아.

 난 예쁜 딸은 없고 어디 선머슴 같은 딸만 있어서 안 갈란다. 다녀와. 너무 늦지 말고. 그리고 뭐 특별한 일이 있더라도 전화하지 마. 나 잘 거니까 너 혼자 해결하고.

 무슨 특별한 일이 있었으면 하는 멘트인데?

 닥쳐.

시월의 농장 일 중에서 제일 손에 붙는 것은 고구마를 캐는 일이다. 아빠는 오영이 고구마를 쉽게 캘 수 있도록 밭두둑 가장자리를 삽으로 떴다. 호미로 흙을 팔 때마다 큼직한 고구마가 주렁주렁 딸려 나온다. 흙 속에 있는 작물을 수확할 때는 열매채소를 수확할 때보다 훨씬 기쁨이 크다.

세상에서 가장 중요한 것은 눈에 보이지 않아.
어린 왕자가 한 말이지.

 세상에서 가장 중요한 게 고구마야?
말도 안 되는 소리를 하셔.

아빠 말이 다 틀린 건 아니었다. 농사에서, 특히 밭농사에서 숨겨진 것들이 드러날 때를 보는 것은 추리소설의 마지막을 보는 것과 같은 기분이다. 그런데 잠깐, 어린 왕자는 지구에서 사막만 다녀간 거 아닌가? 거기는 농사도 안 지을 텐데 안 보이는 열매가 사람을 더 기분 좋게 한다는 건 어떻게 알았지? 감자나 땅콩을 캘 때도 완전 기분 좋은 걸 말이야.

삽질을 끝낸 아빠도 호미를 들고 오영의 맞은편 두둑에 앉아 고구마를 캐기 시작했다. 속도가 오영보다 서너 배는 빨랐다. 역시 프로는 다르군. 서너 시간 쉬지 않고 일해도 아빠의 호흡은 변함이 없다. 어떤 일이든 한 가지 일에 전문적인 실력을 보여주는 사람들은 아름답다. 아빠는 좋아하는 일을 몰두해서 해왔다. 그 짧지 않은 시간과 행복한 집중이 어쩌면 세상 사람들이 그렇게 대단하다고 생각하지 않을 수 있는 저 일에서 빛을 발하고 있다.

오영이 아빠와 함께 고구마를 캐는 동안 개인 농사를 짓는 몇몇 회원들은 각자 알아서 열매채소 밭을 정리했다. 여느 농장에서는 고추와 가지를 뽑으면 줄기를 한곳에 쌓아뒀다가 이듬해 봄에 태우는데, 아빠 농장의 회원들은 줄기를 잘게 부러뜨려서 고랑에 깐다. 그럼 그 역시 겨우내 삭아서 거름이 된다. 오이와 애호박과 참외 줄기들도 하나하나 떼어내서 고랑에 깔고, 토마토는 안 익은 파란 토마토를 다 수확한 뒤 통째로 뽑아내서 낫으로 잘라 고랑에 깐다. 파란 토마토는 장아찌를 담그면 좋은 밑반찬이 된다. 씹을 때마다 아삭아삭 맛있는 소리를 낸다.

열매채소들을 뽑아내서 정리한 뒤에는 지지대를 뽑아 한곳에 모아서 이름표를 달아준다. 그래야 내년 봄에 서로 섞이지 않는다. 아빠가 달려들면 열 평 밭 정리하는 일쯤 순식간에 끝낼 텐데 일반 사람들은 한나절이 넘게 걸린다. 그러면서 엄청 힘들어한다.

> 영아, 넌 이제 그만하고
> 사람들과 나눠 먹게 고구마 좀 삶아줘.

오영이 슬슬 지쳐가는 기색을 보이자 아빠가 말했다. 오영은 기다렸다는 듯이 자리를 털고 일어났다. 몇 시간 쉬지 않고 고구마를 캤더니 온몸이 뻐근하다. 오영은 몸을 푼 뒤 고구마를 씻었다. 짙은 자주색을 띤 고구마가 아주 먹음직스러워 보였다. 오영은 큰 솥에 고구마를 하나 가득 담고서 가스 불을 켰다.

일반적으로 갓 수확한 고구마는 맛이 없다. 보름 정도 숙성을 시켜야 맛이 들기 때문이다. 그러나 유기농으로 키운 고구마는 바로 삶아 먹어도 달달하다. 고구마만 그런 게 아니라 아빠의 방식으로 키우면 뭐든지 맛있다. 그러나 단점도 있다. 입맛이 너무 고급이 된다. 시장에서 파는 채소는 잘 먹히지 않는다. 맛이 없기 때문이다. 고깃집에 가면 오영은 그냥 고기만 먹는다. 상추가 맛없기 때문이다.

고구마가 다 익자 아빠는 농장에 흩어져 일하는 사람들을 불러 모았다. 평상에 모인 어른들은 삶은 고구마를 안주 삼아 막걸리 잔을 돌렸다. 삶은 고구마를 호호 불어가며 한입 베어 문 사람들은 엄지를 치켜들며 감탄했다. 삶은 고구마로 배를 채운 오영은 텃밭을 둘러보았다.

고구마밭 옆 땅콩은 잎마다 검은 반점이 잔뜩 생겨서 줄기가 바닥으로 누웠다. 수확할 때가 된 것이다. 땅콩밭 옆 배추는 알이 꽉꽉 들어차기 시작했고, 무는 흙 위로 주먹만 한 엉덩이를 내밀었다. 갓과 쪽파도 튼실하게 자랐다. 총각무도 엄지손가락보다 크게 자랐다. 김장의 재료들, 겨울 양식의 기본들이었다.

이맘때가 되면 아빠는 총각무김치를 담가서 오영에게 줬다.

 이걸 어떻게 들고 가? 집까지 태워주던지,
아니면 직접 배달해주시던지.

 좀 무거운가? 그럼 오릉이 타고 갈래?

 내가 말이야? 이게 말이야? 말이 말 같아야 말을……。

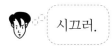 시끄러.

엄마는 아빠가 김치를 보내줄 때마다 양념값이라며 봉투에 돈을 담아 오영에게 주곤 했다.

연애편지야?

 죽을래?

 이걸 가져다주면 아빠가 참 좋아하겠네.

 좋아하든 말든. 이 돈 안 받으면 내가 불편해서 김치 먹을 때마다 찜찜해. 그러니까 받아.

 찜찜하면 아예 받지를 말던가?

 맛있어.

 나 원……. 그냥 이웃이 주는 거라고 생각하고 편하게 받아먹으면 되잖아.

 넌 그 농장에 거의 붙어살다시피 하면서 농사가 얼마나 힘든 지 몰라서 그러는 거야?

 어이구, 오냥이 오릉 생각하시네요.

 난 오릉이 생각 안 해.

뭐 하자는 건지.

이건 거래도 아니고 의리도 아니고. 내가 오작교도 아니고. 참 이해할 수 없는 어른들.

오영은 머리를 흔들어 생각을 쫓아내고 가을 상추를 땄다. 가을 상추는 방문을 걸어 잠그고 먹는다는 말이 있을 만큼 맛있다. 오늘 아빠가 돈을 주면 삼겹살이나 사갈까? 그러고 보니 엄마랑 고기를 먹은 지도 꽤 됐다. 저번처럼 중간에 먹다 말 일은 만들지 말고. 이번에는 그냥 좋은 멘트를 날리면서.

먹을 만큼 상추를 수확한 오영은 기지개를 쭉 켰다. 동아리 연습을 하러 가려면 서둘러야 했다. 그나저나 이번 달은 정말 바쁘다. 축제를 앞두고 춤 연습도 더 열심히 해야 하는데 농사 알바도 주말마다 해야 한다. 다음 주에는 땅콩을 수확해야 하고, 그 다음 주에는 마늘과 양파도 심어야 한다.

일당 주세요.

벌써 가게?

아동센터에서 연습 있어.

오영은 이럴 땐 몸이 두 개쯤 있으면 좋겠다는 생각을 했다.

몸이 두 개 있으면 뭘 하고 싶은데?

 할 거야 많지. 동아리에서 춤 연습도 해야지. 여기 농장에서 돈도 벌어야지. 그리고 음……, 나의 특기인 공부도 해야지. 큭큭.

 생텍쥐페리의 『어린 왕자』에는 일주일에 한 알만 먹으면 그동안 목이 마르지 않는다는 약을 파는 상인이 나와. 어린 왕자가 왜 그 약을 먹느냐고 물어보니까 상인은 시간을 절약하기 위해서라고 하지. 무려 일주일에 53분이나. 그러자 어린 왕자는 생각하지. '만약 나에게 마음대로 쓸 수 있는 53분이 있다면 샘물을 향해 천천히 걸어갈 텐데'라고.

 53분이면 거의 한 시간이라……. 난 침대를 향해 얼른 뛰어가 겠네. 아빠는 몸이 하나 더 있다면 뭘 제일 먼저 하고 싶어?

 솔직히 말해도 돼?

 그럼.

 나는 오영이, 내 딸을 위해서 그 몸을 쓰고 싶어.
그동안 너에게 못해줬던 거를 마음껏 할 수 있게 말이야.
그리고 시간이 남는다면 여행을 갈 거야.

부담스러우니까 그러지는 마세요. 그냥 각자 행복하면 되지. 난 누가 나를 위해 그렇게 애써주는 거 별로 고맙지 않아. 딱 해야 할 만큼만 서로 하면 돼. 끈적거리지 않게.

아빠가 지갑에서 돈을 꺼내다 놀란 눈으로 오영을 바라봤다.

 진짜?

 응. 진짜.

오영은 아빠가 건넨 돈에서 몇 장을 도로 내밀었다.

이 돈으로 여행부터 가세요.
유럽 정도는 가능하지 않을까? 큭큭.

아빠는 피식 웃었다. 웃으면서 돈을 받아드는 대신 손을 벌려 오영을 가만히 안았다.

7장
넌 행복하니?

기말고사가 끝났다. 대부분 시험 기간을 즐거워했다. 두세 시간만 참으면 끝나니까. 그리고 그 시간에는 엎드려 자도 코만 골지 않으면 깨우지 않으니까. 방학을 앞두고 있으니까. 그리고 이후 방학까지 성적으로 부담주지 않는 프로그램들, 축제나 발표회, 합창 대회 같은 것들이 기다리고 있으니까. 간간히 영화 감상은 덤이고. 그래서 밤에 일부러 자지 않는 아이들도 있었다.

담임은 학년이 끝날 때까지 우리 반을 포기하지 못하고 있었다. 화내고 협박하고 소리 지르고 목소리를 깔고 얘기를 해도 애들은 그때뿐이었다. 담임은 이런 기간에 영화를 가져와도 철 지난 것들을 가져왔다. 물론 그것을 담임은 고전이라고 불렀다. 애들은 수면제라고 불렀지만. 모든 고전의 운명이 그렇듯 그것을 받아들일 준비가 부족한 사람에게는 그저 그런 교장선생님 훈화 말씀이었다.

담임은 영화에 대한 해설과 의미를 담은 활동지까지 만들어와 10분을 넘게 얘기했다. 애들은 곧 쓰러졌다. 살아남은 한둘은 만화책을 보거나 문제집을 풀고 있었다. 담임이 말을 멈췄다. 교실을 말없이 보고 있었다. 민망해진 용해가 깨울까요? 했더니 고개를 가로 저었다.

왜요?

자는 사람을 깨우지 않는 이유는……
저렇게 자는 게 벌이기 때문이야.

담임은 영화를 껐다.

이 영화 〈빠삐용〉에서는 살벌한 감옥에 갇힌 주인공이 억울하다고 호소하는 장면이 있어. 그런 주인공에게 재판관들은 아주 엄격하게 죄목을 말해주지. 넌 시간을 낭비했다고. 시간을 낭비한 죄만큼 큰 죄는 없다고.

분노는 때로 애정을 바탕으로 한다. 하지만 애정을 바탕으로 기대를 갖기 시작하면 그 끝은 대부분 자신을 향한 절망이 된다. 그래서 오영은 담임이 위태로워 보였다. 자기가 표적인 줄 모르는 상대를 향해 날리는 독설은 거꾸로 자신을 향해 쏘아대는 독화살이 될 것 같았다.

아빠는 그런 담임을 상처가 많은 사람인 것 같다고 했다.

알랭 드 보통의 책에 이런 말이 나와. 학생을 가르칠 때에는 최고의 배려와 인내가 있어야 하고, 절대 목소리를 높이지 말고, 특별한 기지를 발휘해야 하고, 학생들에게 시간을 충분히 주어야 하고, 부정적인 평가를 하려면 그전에 최소한 열 번은 칭찬해야 한다. 그리고 무엇보다 차분해야 한다. 그러나 교사가 차분하려면 무엇보다 수업의 성공 여부에 대해서 무관심해야 한다. 학생이 수학에서 낙제를 한다면 그건 기본적으로 그 학생의 문제다. 각각의 학생들은 교사의 삶을 크게 좌우하지 않기 때문에 화내지 않아도 된다.

너무 심한 얘기 아니야?

너도 이 얘기가 심하다고 생각해? 하나하나 간섭하는 선생님들을 귀찮아할 거면서? 이 말은 학생들과 어느 정도 거리를 두어야 좋은 수업을 할 수 있다는 얘기인 것 같은데, 아빠는 이 부분에 어느 정도 동의하는 부분이 있어. 난 우리나라 선생님들이 너무 성직자처럼 굴려고 하는 것도 문제라고 봐. 너무 가르치려고 들어. 너무 많은 책임감으로 허덕이고 있어. 물론 우리 사회에서 그런 걸 요구하는 분위기가 있는 것도 사실이지만, 가끔 애들은 잡초처럼 내버려뒀을 때 더 잘 자라거든.

내 얘기야?

무슨 소리야? 내 딸은…… 음…….

 오영이 참 머리는 좋아.

 그러니까 꽃으로 말하자면…….

 늦었어.

그렇게 잡초 자라듯 학생들을 내버려두는 선생님들은 많다. 대표적으로 동아리 담당 선생님, 성악을 전공했다는 배가 산만한 우리의 음악 선생님.

 이번 축제에 둘 다 나갈거니?

 네.

 네.

 그런데 작년에 너무 많은 팀이 나오는 바람에 축제 질이 떨어졌다는 평가가 많았어. 그래서 올해는 오디션을 거쳐서 팀을 추리기로 했으니까 복도에 붙여놓은 안내문 보고 잘 준비해라.

그럼요. 개나 소나 무대에 오르면 안 되죠.

진배 선배의 말이 아팠지만 유진 선배는 참았다고 했다. 참을 수밖에 없었다고 했다.

 여름 동안 그 개고생을 했는데 솔직히……

열 명도 되지 않는 팀원 중에 유진 선배의 기준에 맞는 실력을 갖춘 사람은 채 반도 되지 않았다. 그나마도 한 곡을 전부 소화할 수 있는 팀원은 아무도 없었다. 여름방학 내내 연습했다고 해도 한 달도 안 되는 기간에 일주일에 두 번 모였을 뿐이었다. 게다가 한 번도 빠지지 않고 연습에 참여한 건 팀장인 유진 선배 하나였다.

 동작에 자신감이 없어. 팔을 뻗든 턴을 하든 쭉쭉 힘 있게, 크게 해야 해. 관객석에서는 생각보다 무대가 멀어서 자신 없는 동작은 보이지도 않아.

저렇게 독하게 아이들을 몰아대는 이유는 무엇일까? 자신이 좋아하는 것을, 잘하는 것을 더 잘 보여주기 위한 것일까? 아닌 것 같았다. 유진 선배는 질투하고 있는 것 같았다. 진배 선배가 가지고 있는 것들을 따라가기에는 너무 많은 것들이 괴롭히고 있는 것이다. 하지만 질투하면 따라하기만 한다. 그 상대를 이기려면 새로운 길을 찾아야 한다.

이대로는 승산이 없어. 하지만 승산이 없다고 해서
포기할 수는 없으니까 방법을 생각해보자.

승산(勝算). 이기기 위한 계산. 여전히 이기기 위한 방법만 생각하고 있
구나.

 한 구절씩 돌아가면서 무대에 서면 어때요?

기수였다.

 자기가 제일 자신 있는 부분에만 나가는 거예요.
어차피 한 곡을 다 외우지도 소화하지도 못하고 있잖아요.

 그래서?

유진 선배가 관심을 보였다.

 선배가 처음부터 끝까지 무대에 서고
우리가 중간중간 들어가는 거예요.

 그럼 산만할 텐데?

 무대 마지막에는 랩을 넣어요.

진배 선배네가 잘하기는 하지만 춤만 계속되면
후반부에는 좀 지루할 거예요.

 그럼 랩은 누가 하고?

 오영이요.

깜짝 놀랐다.

 일단 댄스로만 오디션을 통과하고
랩은 나중에 깜짝 보여주는 거예요.

전부 오영을 쳐다봤다.

 나? 그게 말이 돼?

 너 '마릴린 디마지오' 광팬이라며?
그래서 랩도 쓰고 하기도 잘한다던데?

 누가 그래?

 반장이.

이 뇌……. 이 용해 세끼. 별 말을 다하고 다니는구만.

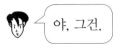 야, 그건.

유진 선배가 끼어들었다.

 그러자. 오영. 부탁해. 우리가 이기려면
그 방법밖에는 없는 것 같다.

아이 씨……. 그 이기겠다는 소리 좀 그만하라고. 축제가 무슨 대회
야? 뭘 그렇게 죽자 사자 덤비는 거야.

 일단 생각 좀 해보구요.

오영은 잔뜩 웅크린 채 농장에 도착했다. 하늘엔 금방이라도 눈이 펑
펑 쏟아질 것처럼 먹구름이 잔뜩 껴 있었다. 공동체 어른들은 하우스 안
화목난로 주변에 둘러서서 차를 마시며 얘기를 나누고 있었다. 마늘과
양파 밭에 보온 작업을 하기 위해 모인 것이다. 오영이 하우스 안으로 들
어서자 어른들이 환하게 웃으며 인사했다. 오영도 인사를 나누는데 못
보던 얼굴이 있었다.

 영이야. 너도 인사해. 방글라데시에서 온 삼촌 친구야.

나마스테.

요가 프로그램에서 본 인사말.

 안녕하세요?

이럴 때 제일 뻘쭘한 한국말 대답.

 하하하! 이 친구 우리말 잘해. 그리고 방글라데시는 팔십 퍼센트가 넘는 사람들이 이슬람교도야. 이 친구도 무슬림이고. 그러니까 인도의 힌두교도들이 쓰는 나마스테라는 인사말은 하지 않아.

쪽팔려. 그게 그거 아닌가?

 그래도 고마워요. 그리고 편하게 줄여서 나를 방글라 삼촌이라고 불러요. 공장에서도 다 그렇게 부르니까.

 아, 네……, 뭐…….

마늘과 양파는 추위가 오기 전에 보온 작업을 해주지 않으면 겨울을 나지 못한다. 남자 어른들은 시청 청소과에서 실어다 준 낙엽을 날랐고, 여자 어른들은 마대자루에 담긴 낙엽을 마늘과 양파 밭에 두툼하게 덮어주었다. 마늘과 양파 밭에 낙엽을 덮어수면 꼭 아기에게 솜이불을 덮어주는 것 같다. 작년에는 왕겨를 깔고 그 위에 낙엽을 덮어주었는데, 올해에는 왕겨 까는 걸 생략했다. 작년에 깔았던 왕겨가 아직 흙 속에서 삭질 않은 상태에서 왕겨를 더 집어넣으면 봄 가뭄을 탈 것 같다는 이유에서였다. 낙엽을 덮는 작업이 끝나자 비에 젖지 않도록 비닐을 씌워두었던 볏단을 가져와 낙엽이 덮인 밭에 볏짚을 십 센티미터 두께로 덮어주었다. 그런 다음 볏짚이 바람에 날아가지 않도록 양쪽 끝을 묶었다.

보온 작업을 끝낸 오영과 어른들은 흐뭇한 표정으로 팔짱을 끼고 서서 마늘과 양파 밭을 바라보았다. 기분 좋은 성취감.

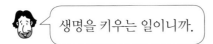 생명을 키우는 일이니까.

아빠가 사람들에게 얘기했다. 오영이 거들었다.

 나부터 잘 키워.

나도

 넌 농사가 재미있니?

농장에 다녀오면 표정이 밝아지는 오영에게 엄마가 물었다.

재미? 뭐 나쁘지는 않아.

생각해보면 엄마는 단 한 번도 아빠 농장에 발길을 들이지 않았다. 따로 살기 전에도 아빠는 새로 시작한 농장에 엄마가 와주기를 바랐지만 엄마는 번번이 단호했다.

 난 이미 수없이 하기 싫은 일을 억지로 하며 살아왔어. 지금도 크게 다르지 않고. 그러니까 당신이 좋아한다고 해서 나까지 좋아해야 한다고 생각하지 마.

아빠는 더 이상 엄마에게 농장 얘기를 꺼내지 않았다. 오영에게도. 오영은 그래서 농장에 가보고 싶어졌다. 아빠가 좋아하는 일을 해보고 싶었다. 강요하지 않았으니까. 억지로 하는 일이 아니었으니까.

 그런데 지금은 가끔 시골에 가서 할머니 농사일 도와드리잖아.

 그건 좋아서 하는 게 아니고 미안해서 하는 거야. 널 키우다보니까 아, 우리 엄마도 우리들을 키우느라 그렇게 죽을 둥 살 둥 농사를 지으셨구나 하는 생각 때문에. 너도 나중에 시집가서 애 낳아보면 무슨 말인지 알게 될 거야.

오영은 엄마의 말뜻이 무슨 의미인지 조금은 알 것 같았다. 잔병이 많은 엄마. 열에 들떠 밤새 앓는 소리를 내다가도 시간이 되면 엄마는 말없이 나간다. 그건 의무일 것이다. 사는 일에 대한 의무. 그리고 엄마는 그 의무에서 아빠를 지웠다.

 자, 점심 먹고 합시다.

아빠가 사람들을 비닐하우스로 불렀다. 하우스로 향하면서 보니 시월 중순에 파종한 월동시금치가 참 잘 자랐다. 시금치는 월동 준비를 해주지 않아도 너끈히 겨울을 난다. 스스로 겨울을 견딘 시금치는 봄에 무쳐 먹으면 단맛이 돈다. 맨몸으로 겨울을 나면서 맛을 품고 있다는 것. 고개가 숙여지는 놀라움이다. 가을에 떨어진 풀씨들도 겨울을 이겨내고 봄이 되면 일제히 머리를 내민다. 그런 풀들을 가만히 들여다보고 있으면 아는 사람 모두 불러 칭찬해주고 싶다. 여기 보세요. 여기 보세요. 이 작은 게 다시 살아났어요. 수고했어. 수고했어. 네가 겨울을 이긴 거야.

 오늘은 새로 온 친구를 위해서 고기를 넣지 않은 카레를 끓였습니다. 다들 맛있게 드세요.

 막걸리는요?

 무슬림은 술도 입에 대지 않습니다. 오늘은 좀 참아주세요.

어른들은 허허 웃더니 맛있게 수저를 들었다. 혜나 이모가 갑자기 궁금한 듯 방글라데시 삼촌에게 물었다.

 방글라데시에서도 인도처럼 손으로 밥을 먹나요?
그건 좀 위생적으로 문제가 있을 것 같은데…….

 문제는 없어요. 한번 보세요.

방글라 삼촌은 수저를 놓고 천천히 오른손으로 밥을 비벼 입에 넣었
다. 그리고 웃으면서 말했다.

 인도의 캘커타에서 방글라데시까지를 벵갈 지방이라고 불러
요. 이 지역에서는 말씀하신 것처럼 밥을 손으로 먹어요. 처음
보는 한국 사람들은 그 모습을 더럽다고 생각해요. 하지만 거
꾸로 생각해보면 그게 더 깨끗할 수 있어요. 보세요. 지금 우
리가 먹고 있는 숟가락과 젓가락이 누구 입에 들락거렸는지,
그 사람들은 병은 없는지, 소독은 깨끗이 했는지 어떻게 알겠
어요. 하지만 내 손은 무얼 했는지 내가 너무 정확하게 알고
있지요. 깨끗하게 씻기만 하면 말이에요.

머쓱해진 혜나 이모가 그럼 우리도 오늘은 손으로 먹어볼까요? 했다.
아빠가 말리기도 전에 밥에 손을 댄 혜나 이모가 소리쳤다.

 앗 뜨거!

농기구 정리, 설거지까지 모두 같이 끝낸 후 어른들은 다들 돌아갔다.

오늘 애썼어. 아빠가 오늘은 집까지 데려다줄게.
날도 춥고 하니까.

굳이 안 그래도 되는데 뭘……. 그나저나 한 가지 부탁이 있어.

뭔데?

나 아무래도 이번 학교 축제에서 랩을 해야 할 것 같아.
팬들이 너무 원해.

광팬들인 모양이네. 걔들 만나면 내가 한번 물어봐야지.
형, 광팬? 크크.

야, 넌 또 언제 왔어?

그런데?

아빠가 좀 가사를 써주면 안 될까? 난 영 자신이 없는데…….

오영. 아빠를 너무 믿지 마셔.
차라리 아빠한테 시조를 써달라고 해. 크크

아니. 그건 아닌 것 같아.

아빠는 오영의 말에는 단호하게 거절하는 법이 없었다. 오늘은 다르다.

 그건 관객을 속이는 일이고 무엇보다 너 자신을 속이는 일이야. 남의 얘기를 왜 네 얘기처럼 하려는 거야? 부족하다고 생각하더라도 네 얘기를 해야지. 거칠더라도 네 느낌을 보여줘야지. 그게 힙합의 정신 아니야?

 그래, 그렇게 말할 줄 알았어. 답답해서 한번 해본 말이야.

 너 그동안 써둔 것 좀 있지 않아? 그걸 한번 잘 다듬어봐.

자신이 담당해야 하는 무게가 줄어들자 팀원들은 한결같이 여유가 생겼다. 짧은 동작을 집중적으로 하게 되는 데서 오는 여유. 동작에 힘이 실리고 자신감이 붙었다. 유진 선배도 만족하는 눈치였다. 다만 문제는 랩이었다.

 다 썼어?

쓰고 있어요.

 다 끝냈어?

 아, 짜증나게 그만 물어봐.

아빠 말대로 그동안 끄적거린 것들을 한데 모아 출력해서 몇 번을 읽어보고 있었다.

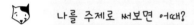 나를 주제로 써보면 어때?

 너를?

응. 고양이의 우아함과 민첩함, 도도함을 찬양하는 랩 말이야.
요즘 우리 고양이들이 같이 살아주는 인간들이 얼마나 많은데…….

그래, 너처럼 까칠하고 틈만 나면 집 밖으로 나가려는 인간들이…….

그래 맞아, 미애. 이상하게 생각만 해도 목에 가시가 걸린 듯한 이름. 미애에 대한 생각을 정리하면…….

오디션 장소에는 스무 팀이 넘게 나와 있었다.

연습은 많이 했냐?

 뭐 그럭저럭······.

 필요하면 우리 애들 한둘은 빌려줄 수도 있다.

 장난하냐?

 나쁘게만 듣지 말고. 우리는 어차피 다섯 명만 나갈 거고 거기에 못 드는 애들도 니네 애들보다는 훨씬 잘해. 걔들한테도 무대에 설 수 있는 기회를 주고, 너희는 너희대로 무대를 만들수 있고. 서로 좋은 거 아냐?

 넌 항상 그게 문제야. 네 기준으로만 생각하는 거.
우리 팀이 니네 팀 백업들 처리해주는 곳이냐?

 남 얘기 하지 마라. 너도 항상 그게 문제였어. 넌 항상 남의 기준으로만 생각하지. 니네 팀에 도움이 될 거라는 생각보다 남의 팀을 돕고 싶지 않다는 생각.

 웃기지 마. 네가 하는 얘기는
어떤 팀에도 도움되지 않는 얘기니까.

제비뽑기를 해서 순서를 정했다.

> 오디션도 그렇고 본 무대도 그렇고 순서가 뒤섞이면 좋지 않
> 으니까 노래는 노래대로 묶고 댄스는 댄스대로 묶자. 더구나
> 이번 축제에는 우리 학교를 졸업한 프로 팀도 불렀으니까 그
> 팀을 마무리로 하고. 밴드는 설치하려면 시간이 걸리니까 마
> 술하는 애랑 같이 묶어서 중간 순서에 넣고. 그 앞에 노래, 그
> 뒤에 댄스를 넣으면 1부, 2부 구분하는 느낌도 들 거야.

듣기 좋은 노래도 삼세번이라고 오영은 담당 선생님의 말에 동의할 수
없었다. 다른 장르가 골고루 섞여야 집중력도 살고 자리 이탈도 막을 수
있다는 걸 모르는 것 같았다.

비트 브레이커가 끝에서 두 번째, 오영네가 마지막.

어차피 이전 무대는 볼 필요가 없었다. 춤 좀 춘다는 애들 대부분이 속
한 동아리를 빼고 반에서 놀던 애들이 등장한 무대는 엉성하고 어설펐다.

비트 브레이커는 말한 대로 다섯 명이 나왔다. 작정을 하고 나온 듯 무
대 의상까지 갖춰 입고 무대에 올랐다. 인정하기 싫었지만 실력이 더 는
것 같았다. 화려했다. 저 춤에 조명이 더해진다면……. 심사위원으로 참
여한 선생님들이 기립박수를 쳤다.

> 니네는 팀 이름이 뭐니?

> 저 아직…….

웃는 소리가 들렸다. 음악이 시작되고 춤이 이어지자 웃음소리가 멈췄다. 어쨌든 오디션은 통과했다.

농사짓는 사람들이 가장 부러움을 받을 때는 겨울이다. 노동을 통해 결실을 얻은 사람들에겐 겨울을 즐길 자격이 주어진다. 배추, 무, 쪽파, 갓을 수확해 김장까지 끝낸 농장에서 더 이상 할 일은 없다. 그래서 아빠의 겨울철 비닐하우스는 때로는 카페고 때로는 도서실이었으며 가끔은 놀이터였다.

그 카페와 도서실과 놀이터의 가장 큰 손님은 물론 오영이었다. 오영은 아빠가 특별히 만들어준 다리 긴 의자를 가져다 놓고 창문 앞에서 바깥 풍경을 보는 것을 좋아했다. 오냥처럼. 창문을 통해 보이는 겨울의 텃밭들은 봄, 여름과는 또 다른 모습이다. 제일 큰 차이는 새가 날아와 앉는다는 것이다. 평소에는 땅에 내려오지 않는 새들이 휑한 텃밭에서 오르고 내리는 모습은 겨울에도 생명이 이어진다는 것을 보여준다. 새들이 내려앉는 땅, 그곳에서 마늘과 양파가 숨죽여 겨울을 기다리고 있는 것처럼.

새들은 올라갈 때보다 내려올 때가 더욱 우아하다. 퍼덕이는 수고 없이 날개를 쭉 편 채 원을 그리며 착륙하는 새들은 날아오를 때의 고통을 보상받듯, 온 대지가 자기 것인 양 거침없고 때로 거만하다.

두 바퀴로 가는 자동차
네 바퀴로 가는 자전거 ♪
물속으로 나는 비행기
하늘로 나는 돛단배 ♬

김광석의 노래를 틀어놓고 책을 읽던 아빠에게 랩을 쓰면서 흥얼거리던 오영이 물었다.

 아빠 이 노래 좋아해?

 재미있잖아.

 어떤 점이?

 재미는 사물의 예상하지 못한 측면을 건드릴 때 나오지. 비행기가 물속으로 가고 돛단배가 하늘을 날 거라고 생각하는 사람은 없거든. 그런데 이렇게 상상 속에서라도 다른 면을 발견하게 되면 재미가 생기는 거지.

 난 그런데 이 노래를 들을 때마다 걸리는 부분이 있어. 남자처럼 머리 깎은 여자, 여자처럼 머리 긴 남자, 이 부분은 재미없어. 번개 소리에 기절하는 남자, 천둥소리에 하품하는 여자라는 대목도.

가방 없이 학교 가는 아이라는 건 더욱.
학교에 오면서 한 번도 가방을 들고 온 적이 없던 애.
여전히 답장도 없는 애.

맞아. 그 부분은 지금 생각하면 이상할 게 전혀 없는 일이지. 하지만 이 노래가 나올 때만 하더라도 남자와 여자에 대한 구분이 알게 모르게 있었다는 걸 이 노래를 통해 알 수 있는 거고. 오영이 넌 그때 그 사람들의 생각을 다시 한번 뒤집어서 생각한 거고.

 지금은 그걸 구분이라고 부르지 않아. 차별이라고 하지.

 오~ 그동안 가르친 보람이 있는데? 한 가지 더 재미있는 건 이 노래의 원곡은 노벨 문학상을 받은 밥 딜런(Bob Dylan)의 〈Don't Think Twice It's Alright〉이라는 곡이야. 두 번 생각하지 말아요. 괜찮아요. 뭐 그런 뜻이겠지.

 제목은 그게 더 마음에 드는데?

 글쎄……. 나는 늘 어떤 일이든 두 번, 세 번 아니 열 번은 더 넘게 생각하는 버릇이 있어서 그런지 이런 말은 부럽기는 하지만 와닿지는 않는 편이야. 그나저나 랩은 잘 돼?

 아니.

 뭘 쓰려고 하든지 사람들이 잘 보지 못하는 걸 보여주면 좋을 것 같아. 사람들은 눈뜬장님 같을 때가 많거든.

어차피 보지 못하는 사람들한테 아무리 얘기를 해주면 뭐해?

 아니지. 앞을 볼 수 없는 사람들이 코끼리를 만지고 나서 했다는 얘기는 알고 있지? 다리를 만진 사람은 코끼리가 기둥 같다고 하고, 배를 만진 사람은 벽 같다고 하고. 그렇게 각자 한쪽 측면만 보고 제멋대로 코끼리를 판단했다는 이야기. 그런데 그 얘기는 거기서 끝나는 게 아니야. 네 랩도 그 부분에서 시작했으면 좋겠어.

앞을 못 보는 사람들이 그렇게 따로따로 혼자 생각하고 결론 내리는 대신, 모여서 서로 의논했더라면 어땠을까? 아무리 앞을 볼 수 없는 사람들이라도 코끼리의 전체적인 모습을 제대로 파악했을 거야. 제가 만져본 코끼리는 기둥 같았습니다. 제가 만진 코끼리는 벽 같았는데요? 하면서 의견을 모았다면 코끼리의 실체를 더 잘 알았을 걸. 이렇게 사람은 새로운 각자의 시각만큼 종합하고 소통하는 과정도 중요하다는 얘기야. 그게 바로 인간이 사회적 동물이라고 하는 이유지. 인간들이 각자 생각하는 바대로 살았다면, 코끼리 다리를 만진 맹인들이 집을 짓게 코끼리처럼 생긴 나무를 보내줘 했다면, 담장을 짓게 코끼리처럼 생긴 벽돌을 보내줘 했다면 인류는 발전하지 못했을 거야. 그런 사람들의 닫힌 시각을 열어주고 이어주는, 뭐 그런 랩이면 좋을 것 같은데?

축제가 시작됐다. 교실 교실마다 별별 부스들이 차려지고 먹을거리를 파는 부스도 넘쳐났다. 하지만 누구나 기다리는 순서는 오후의 무대였다. 외부의 업체들이 들어와 마련하는 음향과 조명은 무대 위의 아이들을 본래의 실력보다 훨씬 크게 포장해주었다.

음악이 시작됐다. 무대보다 핸드폰을 보는 사람이 더 많았던 1부가 끝나고, 기타와 드럼이 따로 놀던 밴드와 어렵게 구한 비둘기가 제멋대로 날아가 버려 마술이라기보다 코미디로 큰 웃음을 준 무대도 끝났다. 비트 브레이커의 순서가 다가오고 있었다. 애들은 고개 숙여 들여다보던 핸드폰을 높이 들고 동영상 촬영을 준비했다. 예상대로 무대는 훌륭했다. 함성과 박수가 오래오래 나왔다. 하지만 예상한 그대로였다.

오영네 팀의 시작은 유진 선배였다. 혼자 조명을 받았다. 팀원들이 따라가지 못해서 그렇지 개인으로는 어디 기획사든 욕심을 낼 만한 실력으로 먼저 시선을 끌었다. 내려갔던 핸드폰들이 하나둘씩 다시 올라왔다. 아무도 신경 쓰지 않는다는 듯 자신에게만 집중하는 춤. '그렇지, 저 동작 다음에는 이 동작일 거야'를 깨버리는 파격적인 스텝. 그래도 어색하지 않는 여유. 그러다 두 번째 조명이 기수에게 쏟아졌다. 기수의 몸을 향해 거리낌 없이 튀어나오던 웃음이 곧 사라졌다. 생각보다 유연하고 기대보다 힘이 있었다. 그렇게 하나둘씩 등장해 힘을 더하기 시작했다. 그러다 마지막 한 명까지 등장해 한곳에 모였다. 비트의 마지막 박자에 모두 같이 발을 굴렀다. 쿵! 쿵! 쿵! 쿵! 드럼 소리와 더불어 점점 커지던 소리가 정점에 이르렀다가 어느 순간 잠깐 멈췄다. 모였던 사람들이 흩어지고 오영 혼자 남았다.

조명을 정면으로 받으면 객석의 사람들이 잘 보이지 않는다. 오영은 사람들이 보이지 않게 되자 마음이 편해졌다. 숨을 골랐다. 처음은 조용하게.

지금부터 내 친구 얘기를 할 거야.
어쩌면 니들도 아는 내 얘기고
어쩌면 나도 아는 니들 얘기야.
너희들이 별로 좋아하지 않았지만
고양이처럼 할퀴고 개처럼 으르렁댔지만
그게 그 애의 다는 아니었어.
보이는 게 다는 아니었어.

불빛을 따라 물고기가 모이듯 오영의 조명을 향해 다시 몰려들었다. 오영이 조명을 정면으로 쏘아보자 놀란 듯 한 번에 사라졌다. 흩어진 댄서들이 다시 오영을 가리켰다.

머리를 노랗게 하고 다녀도 싹수가 노란 건 아니야
팔목에 문신을 새겨도 그걸 꺼내 누구를 찌르지는 않아.
겁을 준 게 아니야 겁을 낸 거야.
너희들은 겁을 낸 게 아니야 겁을 준거야.

어느덧 오영 혼자 남은 무대에 다시 유진 선배가 등장했다. 유진 선배가 비트를 맞춰주듯 몸을 움직였다. 그 몸에 오영의 랩이 섞이기 시작했다.

햇볕이 없는 곳에서도 꽃은 자라고
조명이 없는 곳에서도 그 앤 춤을 춘다. 출 수 있다.
이제 그만 자라고
햇빛을 꺼버려도 우린 이제 같이 춤을 출 수 있다.
이제 같이. 이제 같이.

유진 선배가 빠지고 오영이 혼자 춤을 추기 시작했다. 오영의 짧은 머리가 조명을 가르고 관객을 향하는 손이 날카로웠다. 오영의 팔과 다리가 길어지더니 무대를 넘어 관람석 모두를 벨 것처럼 뻗어갔다. 하지만 관객 앞에서 갑자기 속도가 늦춰진 오영의 팔은 잠시 머뭇거리는 듯하더니 자리에 있는 모든 사람들을 조용히 안았다. '휴~' 안심하는 소리가 들렸다.

학교는 말라가고 우리도 말라가고
뭐든 세게 하지 않으면 세계는 멀어지고
그냥 던져주는 대로 받으면 되는 인문계고
몸은 점점 커 가는데 교복은 작아지고

그래도 꽃은 자라고 그래도 그 앤 춤을 출 수 있다.
우리들은 겁을 준 게 아니야 겁을 낸 거야.
어른들은 겁을 낸 게 아니야 겁을 준 거야.

출발선도 다르고 신호등도 다르고
그 길로 따라가면 결국 신분은 비정규직.
받으라면 받아. 주는 대로.
이 길로만 쭉 가면 성공 대로(大路).
입에 침을 발라. 거짓말의 예의.

그걸 걷어찬 거야 그 애는.
교복이 갑옷 같아서. 학교가 감옥 같아서.
볼펜이 칼 같아서. 씨발 X 같아서.
하늘로 날라버린 거야.
이 전쟁터를 뒤돌아보지 않고 떠나버린 거야.
그러니까 이제 솔직하게 얘기하자.
그러니까 이제 솔직하게 얘기 듣자.
우리들은 겁을 준 게 아니야 겁을 낸 거야.
어른들은 겁을 낸 게 아니야 겁을 준 거야.

비트 브레이커만큼은 아니었지만 큰 박수였다. 환호였다.
오영은 무대 뒤로 내려왔다. 이제 1학년이 끝났구나. 할 일을 다한 것
처럼 개운했다. 산을 오르는 사람은 그 꼭대기의 풍경을 기대하지 않는
다. 무대를 준비하는 사람은 환호를 기대하지 않는다. 다만 오르는 과정
이, 혼자서 준비하는 과정이 즐거울 뿐이다. 아니 오르는 과정을 즐기지
못하면 정상의 풍경도 기쁨이 될 수 없다. 행복은 그 과정이다. 내 옆에
있는 작은 것이다. 손에 닿을 만큼 가까운 것이다. 오영은 가까운, 작은

하나의 과정을 모두 마친 것 같았다. 그래서 좋았다. 그 좋은 느낌을 누구라도 함께하고 싶었다. 핸드폰을 열었다. 고민이다. 엄마가 좋을까, 아빠가 좋을까. 오영은 잠깐 생각했다.

다시 무대를 향해 그동안의 박수를 합친 것보다 더 큰 박수 소리와 비명에 가까운 함성 소리가 쏟아졌다. 마무리를 장식하는 졸업 선배들 공연이겠지. 오영에게 쏟아지던 박수는 금방 사라졌다. 할 수 없지 뭐. 오영은 피식 웃었다. 그리고 핸드폰에 글자를, 마음을 넣기 시작했다.

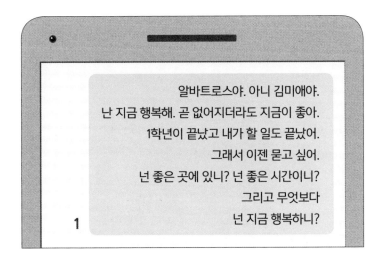

어느새 무대 뒤로 찾아온 용해가 오영을 보고 웃고 있었다.

교사와 학생이 같이 해보는 활동지

1장 뭐 어때? 이게 나인 걸

1. 1장에서 인상 깊었던 장면이나 제일 기억에 남는 문장을 생각나는 대로 써 봅시다.

2. 오영과 아빠는 '대학은 꼭 가야 할까?'에 대해서 다음과 같은 대화를 나누고 있어요.

오영 : 내가 생각하는 행복은 내가 선택할 수 있는 것에서 시작된다고 생각하니까. 그러니까 '지금의 너의 결정을 존중해'라고 말해주면 지금 내가 아~아~주 행복하겠어.

아빠 : 그래. 그럼 우리가 동의한 거는 한 가지네. 일단 생각해보는 것. 대학의 이유든, 행복의 기준이든. 다만 그것이 너를 위해서 좋은 쪽이어야 한다는 거.

1) 내가 선택할 수 있는 것에서 행복이 시작된다는 오영의 말이 맞는다면, 여러분은 지금 집과 학교에서 어떤 선택권을 가지고 있나요?

2) '너를 위해서 좋은 쪽'이라는 아빠의 말과 대부분의 부모님들이 말하는 '다 너를 위해서야'는 어떤 차이가 있을까요?

3) 대학은 꼭 가야 할까요? 대학과 '나'의 행복과는 무슨 관계가 있을까요?

3. 대학 진학과 관련된 오영과 아빠의 가상 대화 내용입니다. 마지막 오영의 대사를 채워주세요.

> 오영 : 학교 시험이나 수능이 절대평가로 바뀌면 나 같은 애들도 희망 있는 거 아니야?
>
> 아빠 : 글쎄 말이야. 그렇게 되면 아무래도 학생들끼리 경쟁도 많이 줄고, 학부모 입장에서는 사교육비도 덜 들고 수업 시간에 시험 대비 문제집만 푼다는 선생님들도 좋을 텐데.
>
> 오영 : 그러면 절대평가로 바꾸면 되잖아. 많은 사람들이 행복해질 수 있는 방법이 있는데 도대체 왜 반대가 많은 거야?
>
> 아빠 : 여러 이유가 있겠지. 너무나 자주 바뀌는 입시제도, 그러면 서도 그 틈을 어떻게든 파고들어 성적으로 줄 세우는 대학들에 대한 불신 같은 거 말이야. 하지만 내 생각에는 사회 자체가 여전히 경쟁에서 이겨야 살 수 있는 구조다 보니까 입시의 방법을 아무리 변화시켜도 결국 1등이 모든 걸 차지하게 되고, 그걸 보면서 모두 같은 등급을 받는다는 게 나한테 절대 유리해 보이지 않기 때문이겠지.

오영 : 아무리 1등이 최고라고 하지만, 성적 때문에 죽는 청소년이 제일 많은 나라가 우리나라라고 하던데…… 조금은 달라져야 할 거 아니야.

아빠 : 그렇지. 이제는 정말 성적과 입시에 대해 진지하게 고민할 때가 된 것 같아. 그런데 넌 우리나라 입시제도가 어떻게 바뀌면 좋겠어?

오영 :

2장 왜 하기 싫은 일을 하면서 살까?

1. 2장에서 인상 깊었던 장면이나 제일 기억에 남는 문장을 생각나는 대로 써 봅시다.

2. 버나드 쇼는 다음과 같은 말을 남겼습니다.

청춘은…… 청춘에게 주기에는 참으로 아까운 거라고.

1) 버나드 쇼는 왜 저런 이야기를 했을까요?

2) 2013년 국제투명성기구(TI) 조사 결과 한국 고교생 44%가 '10억을 받을 수 있다면 감옥에 가겠다'고 응답했습니다. 질문을 바꾸어봅니다. 10억을 받을 수 있다면 여러분의 청춘을 반납하시겠습니까?

3) 청춘의 시기에만 할 수 있는 일은 무엇일까요? 청춘의 시기에 꼭 해야 할 일이 있다면 그건 무엇일까요?

3. 다음은 오영의 2장 마지막 독백입니다.

더러운 세면대에 거침없이 손을 집어넣는 엄마. 화를 꾹꾹 참으면서도 매번 새로운 것을 준비해 오는 담임. 감옥 보듯 학교를 바라보면서도 갑자기 학교에 나오기 시작한 미애. 모두 무슨 이유에서인지 하기 싫은 일을 하고 산다. 알 수 없는 일이다.

1) 하기 싫은 일을 나열해보세요. 그중에서 선택의 여지없이 해야만 하는 일이 있나요? 있다면 그 이유는 무엇일까요?

2) 일반적으로 하기 싫은 일은 어떤 공통점이 있을까요? 하기 싫은 일을 하지 않으면 내게 어떤 일이 발생할까요?

3) 하기 싫은 일을 안 하고 산다는 것은 하고 싶은 일만을 하고 산다는 것일까요?

4) 내가 하고 싶지는 않지만, 꼭 필요하다고 생각되는 일들은 어떤 것이 있을까요?

3장

찝찝한 봄에
찝찝하게 떠나냐?

1. 3장에서 인상 깊었던 장면이나 제일 기억에 남는 문장을 생각나는 대로 써
봅시다.

2. 유진 선배와 진배 선배의 대화를 다시 읽어봅시다.

> **유진 선배** : 그럼 들러리가 아니면 뭔데? 네 기준에는 맘에 들지 않을
> 지 몰라도 난 우리 동아리에 들어온 모두가 한번은 무대에
> 설 권리가 있다고 생각해. 넌 지금 네 욕심을 위해서 많은
> 애들을 들러리로 만들고 있는 거라고.
>
> **진배 선배** : 웃기네. 야! 무대에 올라가 웃음거리가 되는 걸 막아주려
> 는 거야.
>
> 실력 있는 사람만이 무대에 서고 조명을 받는 것이 당연하다는 진배
> 선배의 말이 맞는 건지, 아니면 누구나 자신을 표현할 권리를 갖는다
> 는 유진 선배의 말이 맞는 건지 헷갈렸다.

1) '들러리' 또는 '웃음거리'가 된 경험이 있다면 함께 나누어요.

2) 헷갈려 하는 오영에게 여러분의 생각을 전해주세요.

3) 조명을 받는 무대의 주인공이 아니라도, 인생의 주인공이 될 수 있는 방법
   은 없을까요?

3. 식량 문제에 대한 아빠의 이야기를 다시 읽어봅시다.

비관적인 게 꼭 나쁜 것만은 아니야. 우리가 어떤 사건이나 사물을 볼 때 다양한 시각이 있을 수 있지만 최악의 경우를 생각하고 준비하는 게 아주 중요해. 그렇게 최악의 상황을 생각하고 있는 과학자들 중에는 십 년 뒤에 인류의 사십 퍼센트가 먹을 게 없어서 굶어 죽을 수도 있다고 경고하고 있어. 여기서 정말 중요한 것은 가능성이야. 식량 대란이 일어날 가능성이 예를 들어 천분의 일이라고 치자. 그럼 안전한 걸까? 그런데 그 천분의 일이 현실이 된다면 어떻게 될까. 상상만 해도 끔찍한 일이지. 그래서 우리는 지금부터 그 위험에 대비를 해야 하는 거야. 하지만 사람들은 그것에 대해서 심각하게 생각하지 않아. 그러다가 정말 큰일 날 수도 있는데 말이야.

1) 식량 문제는 정말 심각한 문제일까요? 먹는 문제는 생존의 문제인데도 우
   리가 심각하게 생각하지 않는 이유는 무엇일까요?

2) 아래 인터넷 게시판의 댓글처럼 상상이 곧 현실이 되는 상황을 우리는 자
   주 접하게 됩니다. 지금은 상상이지만, 곧 다가올 현실이 될 것 같은 미래
   를 예측해 봅시다.

2008년 0월 0일 인터넷 게시판에 올라온 글

휴대폰은 적어도 이렇게 바뀌어야 한다
▶ 초슬림화 : 7mm 이하
▶ 내장메모리 용량 : 700GB
▶ 스피커 : 5.1 사운드
▶ 액정 : 4인치 이상 와이드 LCD
▶ 그 외 추가 기능 : 네비게이션, DMB, 구글어스, MP3

댓글
– 왜 노트북에다 핸드폰을 박아서 쓰지. 이 돌아이야!
– 이건 이미 휴대폰이 아니잖아.
– ㅈㄹ하네. 이건 뭐 몇 십 년은 걸리겠군.
   – 몇 십 년만 걸리면 될 것 같나요? ㅋㅋㅋ
– 공상영화를 찍어라.

**4. 미애의 팔에 새겨 있는 알바트로스는 무엇을 의미할까요? 그 의미를 상징
적으로 표현해보세요.**

4장 꽃은 열매를 예고하는 거야

1. 4장에서 인상 깊었던 장면이나 제일 기억에 남는 문장을 생각나는 대로 써 봅시다.

2. **아빠의 노동에 대한 철학에 대해 오영이 폭발한 장면입니다.**

> 농작물이 어떻게 자연이 준 거야? 아빠가 그렇게 쌔빠지게 일해서 얻
> 은 결과가 자연이 그냥 준 거라고? 그럼 그동안 난 뭘 한 건데? 그리
> 고 남들한테 그렇게 퍼주면 도대체 아빠는 뭐 먹고살아? 나보고 대학
> 가라며? 대학 입학금이 얼마인 줄은 알아? 그럼 그렇게 남들한테 베
> 푸는 마음을 엄마한테는 왜 못 베풀었어? 노동이 개인이 아닌 우리
> 모두를 위한 거라고? 그럼 그 우리에 엄마는 안 들어가 있었던 거야?
> 나는? 가족이 있어야 남이 있는 거지. 안에서 새는 바가지 바깥에서
> 도 새는 법이야. 아빠는 바깥에서는 새지 않는 척하면서 안에서는 엄
> 청 흘렸다고. 그 새는 물에 엄마랑 나는 떠내려갈 뻔했다고.

1) 아빠는 노동은 개인이 아닌 우리 모두를 위한 거라고 말합니다. 공동체의
   가치를 이야기하는 것이겠지요. 그런데 오영은 화가 많이 났습니다. 왜
   화가 났을까요? 혹시 '너나 잘하세요'와 같은 감정이었을까요? 여러분은

어떠한 경우에 이런 감정을 느끼나요?

2) 공동체를 생각하는 도덕적 실천들이 어려운 이유는 무엇일까요? 그 실천
자체만으로 행복의 조건이 될 수 있을까요?

3. 누구의 말에 더 공감이 가나요? 누구의 말이 더 실현되길 바라나요?

오영 : 일한 양이 서로 다른데 결과물을 똑같이 나누는 건 누가 봐도
비합리적이잖아. 상식적으로도 말이 안 되고. 학교에서도 그래.
모둠 과제를 받으면 꼭 하는 애만 죽어라 한다고. 다른 인간들
은 그 덕에 공짜로 점수를 받고.

아빠 : 난 사람들이 모여서 누구나 어려움 없이 살아갈 수 있도록 서
로를 보살피는 게 공동체라고 생각해. 사람은 누구나 행복하게
살 권리가 있어. 그러려면 차별이 없어야 해. 사람은 서로 다 달
라. 건강한 사람이 있으면 아픈 사람이 있고, 일 잘하는 사람이
있으면 일 못하는 사람도 있고, 부지런한 사람이 있으면 게으른
사람도 있는 거야. 학교도 그렇지. 환경이 좋아서 어릴 적부터
좋은 교육을 받은 학생과 그렇지 못한 아이들이 같이 있는 곳이
학교잖아. 그 가운데 유전적으로 뛰어난 능력을 받은 애가 있고
그렇지 못한 애가 있고. 그런데 머리가 좋거나 나쁘거나 아프거
나 일을 못하거나 게으른 건, 나쁜 게 아니고 그냥 상대적인 거

잖아. 한 사람이 이 겨울에 얼어 죽어도 그것은 우리의 탓이어야 한다는 말이 황석영 선생님 소설에 나와. 난 바로 그것이 공동체 정신이라고 생각해. 서로의 사정을 보살피는. 사정이 생겨서 참석을 못했다고 결과에 있어 차별을 한다면 그건 공동체라고 할 수 없어.

4. 4장에서 잠깐 언급된 기본소득제에 대해 이야기해봅시다.

기본소득제란?
재산의 많고 적음, 노동을 하는지 여부에 관계없이 모두에게 조건 없이 일정액의 현금을 지급하자는 것

1) 왜 재산의 많고 적음에 관계없이 일정액의 현금을 지급하자고 하는 것일까요? 재산이나 소득이 적은 사람에게 더 많이 지급하는 것이 합리적인 것은 아닐까요?

2) 왜 노동을 하는지 여부에 관계없이 일정액의 현금을 지급하자고 하는 것일까요? 노동을 전제로 현금을 지급하는 것이 노동에 대한 동기 부여에 더 좋지 않을까요?

3) 『나는 국가로부티 배당받을 권리가 있다(하승수, 한티재, 2015)』에 보면 다음과 같은 구절이 나옵니다. 어떻게 생각하시나요?

> "그래도 노동을 하려고 노력하는 사람에게만 소득을 보장해야 하지 않는가?"라고 생각할 수도 있다. 여기에 대해 『조건 없이 기본 소득』의 저자 바티스트 밀롱도가 답을 한다. 그는 "일자리를 구하려고 노력하지만 번번이 퇴짜 맞는, 사회가 거부하는 장기 실업자들에게 계속 구직활동을 하라고 요구하는 것은 너무 비인간적이지 않은가? 그들에게 괜찮은 삶의 수준을 보장해줌으로써, 잔인하고 모순된 '구직'이라는 멍에에서 벗어나게 하는 편이 낫지 않을까?"라는 얘기를 한다.

5장   방학은 일단, 너무 짧아

1. 5장에서 인상 깊었던 장면이나 제일 기억에 남는 문장을 생각나는 대로 써 봅시다.

2. 5장의 하이라이트 한마디입니다.

> **담임** : 방학 때 제일 먼저 할 일은? 잘 노는 것, 놀다 지치면 여행을 하는 것, 여행이 지겨워지면 책을 읽는 것
>
> **아빠** : 나는 농부를 공무원처럼 대접했으면 좋겠어. 사실 농부들은 공무원들이 하는 일보다 훨씬 중요한 일을 하는 거야.
>
> **엄마** : 상처는 처음에만 아프고 시간이 지나면 아물게 되어 있어. 상처는 흉터가 되고 흉터는 아팠던 기억을 생각나게는 하지만 건드려도 아프지는 않게 되는 거야. 그래서 인생에서 세월이 중요한 거야.
>
> **유진 선배** : 실력은 지겨움을 견디는 데서 나오는 거야.
>
> **오영** : 방학은 짧다. 너무 짧다. 뭘 하기에도 안 하기에도 짧다.

1) 방학은 충전의 시간이라고 합니다. 충전은 방전이 되었을 때 필요합니다. 학교는 왜 긴(?) 충전이 필요할 정도로 교사와 학생을 방전시킬까요? 학교를 나오지 않는 이유 말고, 방학이 기다려지는 이유가 있나요?

2) 생활기록부 진로희망에 기록된 것을 본 사람이 없다는 전설적인 직업, 그럼에도 미래에 더 중요하다고 생각하는 미래지향적인 직업, 바로 '농부'입니다. 농부를 공무원으로 대접하자는 아빠의 아이디어에 대해 어떻게 생각하시나요?

3) 세월이 지나도 여전히 아픈 상처가 있나요? 세월이 아픔을 잊게 한다는 것은 상처의 회복을 의미할까요? 아니면 잊지 않고서는 살아갈 수 없기 때문일까요?

4) 지겨움을 견디고 얻은 실력이 삶을 지루하게 한 적은 없나요? 새 학기 자기소개 시간 5분, 수능 끝나고 첫 데이트 장소로 달려가는 5km. 5분의 시간과 5km의 거리, 이들 중 무엇이 더 지겨운가요? 무엇이 더 견디기 어렵나요?

5) 짧다고 느끼는 것은 아쉬움의 다른 표현입니다. 아쉬웠던 일이나 사람에 대한 경험을 나누어요.

3. 다음은 교과서에 나오는 농촌과 도시를 비교한 표입니다.

특성	농촌 사회	도시 사회
직업	농업 등 1차 산업 중심	다양한 직업, 2·3차 산업 중심
지역 사회의 크기	소규모의 인구·지역 공동체	대규모의 인구·지역 공동체
환경	인간 및 사회에 대한 자연의 지배	자연에 대한 인간(문명)의 지배
사회적 특성	대부분의 사람들이 같은 출신 배경, 생활양식, 가치관, 관심 등을 가짐(동질적)	생활양식, 가치관, 관심 등이 다른 복합적, 다원적 사회(이질적)
사회적 분화	단순한 사회적 노동 분화 – 주로 나이와 성별에 의해 분화됨	복잡한 노동 분화 – 고도의 기술이 분업과 전문화를 요구
인구 이동	비교적 약함 – 이촌 향도가 대부분	강함 – 주로 도시 간 또는 도시 내 이동
인간관계	접촉 범위가 좁고 지속적이며, 1차적 인간관계가 지배적(보수적·폐쇄적)	접촉 범위가 넓고 목적적이며, 2차적 인간관계가 지배적(진보적·개방적)
주민 성향	전통 지향적	미래(변화) 지향적
사회 통제	비공식 수단(도덕·관습)	공식적 수단(법·계약)
사회 변동성	완만하게 변동	급속하게 변동
계층성	귀속 지위 강조, 계층 격차가 작고 사회 이동이 적음	성취 지위 강조, 계층 격차가 크고 사회 이동 빈번

1) 농촌과 도시를 비교한 위의 기준으로 두 지역의 특성을 제대로 담아낼 수 있을까요? 만약 그렇지 않다면 어떠한 기준을 가지고 비교할 수 있을까요?

2) 농촌과 도시와 관련된 교과서 내용을 보면 항상 상호 보완적인 관계라고 결론을 맺습니다. 실제로 농촌과 도시는 상호 보완적인 관계인가요?

3) 잠시 머무는 공간으로서의 농촌과 도시를 바라보았을 때와 지속적으로 정주해야 하는 공간으로서의 농촌과 도시를 바라보았을 때 각각 어떠한 생각이 드나요? 서로 차이가 발생한다면 그 이유는 무엇일까요?

6장 엄마, 아빠가 다 있어야 행복하겠냐?

1. 6장에서 인상 깊었던 장면이나 제일 기억에 남는 문장을 생각나는 대로 써 봅시다.

2. 6장에 나오는 마릴린 디마지오의 랩 가사입니다.

전장~ 버스 떠난 정류장
막차라면 달려볼까~
달려보면 잡혀질까~ ♬

대학로행 버스 안에 자리 잡은 사람들은
물음표를 내고~ 마침표를 받고~
행복으로 달려가는 내 꿈속의 대화들은
물음표를 내고~ 차림표를 받고~ ♪

no choice. no choice.
I have no choice.
I say "why", you say "be quiet"

어른 되면 다 안다는 당신들의 대답 속에
난 오늘도 입을 닫지. 마음으로 소리치지.
"궁. 금. 한. 게. 안. 생. 겨. 요."

꿈속에서 올라타 본
대학로행 그 버스는
내 귀에 속삭이지
잔액이 부족해~
성적이 부족해~ ♫

젠장~ 버스 놓친 정류장
막차라도 걸어갈래~ 아니라도 돌아갈래~
걸으면서 생각할래~ 돌아가며 돌아볼래~
지금? 여기? 사람?
이 순간! 이대로! 행복해! ♪

1) 세상을 향해 물어보고 싶은 것이 있나요? 들어주기를 원해 던진 물음에
정답인 양 마침표를 받았을 때 어떠한 기분이 들었나요?

2) '네 생각은 뭐니?', '네 꿈은 뭐니?'라는 질문을 받으면 어떠한 생각이 드
나요?

3) 6장을 읽고 난 지금의 감정을 낙서로 표현해볼까요? 혹시 알아요. 마릴린
디마지오의 랩 가사로 쓰일지도……

3. 오룽이 오랜만에 명언을 이야기합니다.

용기는 흔히 통찰력의 결핍에서 오는 반면 비겁은 대개 훌륭한 정보를 기초로 하고 있다. _영국 배우, 피터 유스티노프

1) 악한 사람을 벌을 받고, 착한 사람은 상을 받는 해피엔딩 스토리는 픽션인 경우가 더 많습니다. 그래서 드라마와 영화가 꾸준히 대중의 관심을 누리고 있는지도 모릅니다. 용기를 내어 한 발짝 앞서서 싸우는 사람보다 비겁하게 등 뒤에 숨어 있는 사람이 잘 먹고 잘사는 역사적 사건이나 사실을 친구들과 나누어보세요.

2) 알베르 까뮈는 '어제의 범죄를 벌하지 않는 것은 내일의 범죄에 용기를 주는 것과 똑같은 어리석은 짓이다'라고 말했습니다. 역사적 관점에서 이 말이 의미하는 것은 무엇일까요?

7장   넌 행복하니?

1. 7장에서 인상 깊었던 장면이나 제일 기억에 남는 문장을 생각나는 대로 써 봅시다.

2. 소통에 대한 아빠의 말을 다시 만나봅니다.

> 앞을 볼 수 없는 사람들이 코끼리를 만지고 나서 했다는 얘기는 알고 있지? 다리를 만진 사람은 코끼리가 기둥 같다고 하고, 배를 만진 사람은 벽 같다고 하고. 그렇게 각자 한쪽 측면만 보고 제멋대로 코끼리를 판단했다는 이야기. 그런데 그 얘기는 거기서 끝나는 게 아니야. 네 랩도 그 부분에서 시작했으면 좋겠어.
>
> 앞을 못 보는 사람들이 그렇게 따로따로 혼자 생각하고 결론 내리는 대신 모여서 서로 의논했더라면 어땠을까? 아무리 앞을 볼 수 없는 사람들이라도 코끼리의 전체적인 모습을 제대로 파악했을 거야. 제가 만져본 코끼리는 기둥 같았습니다. 제가 만진 코끼리는 벽 같았는데요? 하면서 의견을 모았다면 코끼리의 실체를 더 잘 알았을 걸. 이렇게 사람은 새로운 각자의 시각만큼 종합하고 소통하는 과정도 중요하다는 얘기야. 그게 바로 인간이 사회적 동물이라고 하는 이유지. 인간들이 각자 생각하는 바대로 살았다면, 코끼리 다리를 만진 맹인들이 집을 짓게 코끼리처럼 생긴 나무를 보내줘 했다면, 담장을 짓게 코끼

1) 누군가의 이야기를 온전히 귀 기울여 경청해준 경험이 있나요? 있다면 상대는 어떠한 반응을 보였나요?

2) 자신의 이야기를 누군가 있는 그대로 수용해준 경험을 가지고 있나요? 있다면 그때 어떠한 감정이 들었나요?

3) 자기가 보고 싶은 것만 보고, 믿고 싶은 것만 믿는 '확증편향'은 '말하지 않는 인간', '듣지 않는 인간'을 만들어내고 있습니다. 이들이 만들어낼 사회는 과연 어떤 결말을 예고할까요?

3. 김광석 노래에 대한 아빠와 오영의 대화를 다시 불러냅니다.

김광석의 노래를 틀어놓고 책을 읽던 아빠에게 랩을 쓰면서 흥얼거리던 오영이 물었다.

오영 : 아빠 이 노래 좋아해?
아빠 : 재미있잖아.
오영 : 어떤 점이?

아빠 : 재미는 사물의 예싱하지 못한 측면을 건드릴 때 나오지. 비행기가 물속으로 가고 돛단배가 하늘을 날 거라고 생각하는 사람은 없거든. 그런데 이렇게 상상 속에서라도 다른 면을 발견하게 되면 재미가 생기는 거지.

오영 : 난 그런데 이 노래를 들을 때마다 걸리는 부분이 있어. 남자처럼 머리 깎은 여자, 여자처럼 머리 긴 남자, 이 부분은 재미없어. 번개 소리에 기절하는 남자, 천둥소리에 하품하는 여자라는 대목도.

아빠 : 맞아. 그 부분은 지금 생각하면 이상할 게 전혀 없는 일이지. 하지만 이 노래가 나올 때만 하더라도 남자와 여자에 대한 구분이 알게 모르게 있었다는 걸 이 노래를 통해 알 수 있는 거고. 오영이 넌 그때 그 사람들의 생각을 다시 한번 뒤집어서 생각한 거고.

오영 : 지금은 그걸 구분이라고 부르지 않아. 차별이라고 하지.

1) 어른들은 '구분'이라 하고 여러분은 '차별'이라 부르는 것에는 어떠한 것들이 있을까요?

2) 우리도 재미를 찾아볼까요. 전혀 일어날 수 없는 것 같은 소재로 가사를 만들어봅시다. (예. 10분 수업 50분 휴식^^)

4. 오영이 미애에게 말합니다. 아니, 여러분에게 묻습니다. 답 문자 해줄래요?

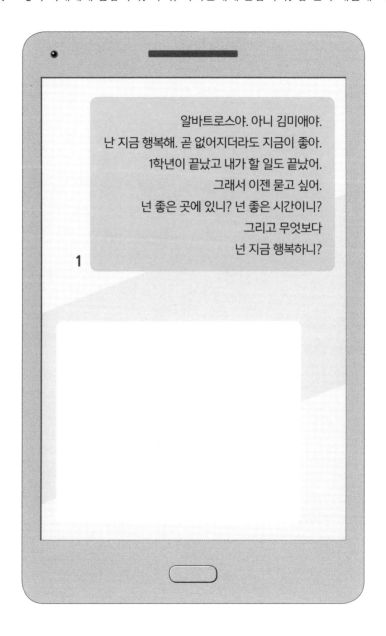

알바트로스야. 아니 김미애야.
난 지금 행복해. 곧 없어지더라도 지금이 좋아.
1학년이 끝났고 내가 할 일도 끝났어.
그래서 이젠 묻고 싶어.
넌 좋은 곳에 있니? 넌 좋은 시간이니?
그리고 무엇보다
넌 지금 행복하니?

1